SKELETON KEYS

LOS
FANTASMAS
DE LUNA MOON

Para mi familia ~ Guy Bass

Para mamá, papá y Lynne... ¡Gracias!
~ Pete Williamson

Primera edición: octubre de 2020

Título original: *Skeleton Keys. The Haunting of Luna Moon*
Este libro fue publicado por primera vez por Stripes, un sello
del grupo editorial Little Tiger.

Maquetación: Endoradisseny

Edición: Andrea Puig
Dirección editorial: Ester Pujol

© 2020, Guy Bass, por el texto
© 2020, Pete Williamson, por las ilustraciones
© 2020, Miguel Trujillo Fernández, por la traducción
© 2020, la Galera, SAU Editorial, por esta edición

Josep Pla, 95
08019 Barcelona
www.lagaleraeditorial.com

Impreso en Limpergraf
ISBN: 978-84-246-6695-8
Depósito legal: B-10.073-2020
Impreso en la UE

La Llave de
la Realidad

La Llave de la
Segunda Visión

La Llave del
Puertominio

La Llave Prohibida

La Llave del Tiempo

SKELETON KEYS

LOS FANTASMAS DE LUNA MOON

GUY BASS

ILUSTRACIONES DE
PETE WILLIAMSON

Traducción de Miguel Trujillo Fernández

laGalera

La Llave de la Posibilidad

La Llave de las Huidas Rápidas

La Llave del Reino

La Llave de la Imaginación

La Llave del Olvido

S aludos! ¡A los mequetrefes, los papanatas y los repanchingados! ¡A los imaginarios y los inimaginarios! A los vivos, a los muertos y a todos los que están en medio. Mi nombre es Keys...

Skeleton Keys.

Hace ya mucho tiempo, yo era un AI... un amigo imaginario. Pero, por algún milagro de una imaginación desbocada, ¡de pronto me volví tan real como tus propias rótulas! Me convertí en *inimaginario*.

Hoy en día siempre tengo una cuenca del ojo vigilante por si pudieran aparecer nuevos amigos inimaginarios en alguna parte. Y es que estos fantabulosos dedos que tengo son capaces de abrir puertas a cualquier parte y más allá, hacia mundos ocultos... lugares secretos... puertas hacia el reino ilimitado de la imaginación.

Creedme, el viejo señor Keys ha abierto más puertas que todas las galletas que os hayáis comido... ¡y cada puerta me ha conducido a una aventura que haría que cualquier cabeza

se pusiera a girar sobre su cuello! Las historias
que podría contaros...

Pero, por supuesto, ¡las historias son la razón
por la que estáis aquí! Bueno, pues sentaos y
poneos cómodos, porque tengo una historia
alucinante que hará que
vuestros pensamientos
salgan corriendo para
ponerse a cubierto.
Esta historia es tan
verdaderamente increíble
que, increíblemente,
debe de ser
verdadera.
Nuestra historia
comienza hace
muchas lunas en la
Mansión Macilenta,
una casa gigantesca
y oscura muy lejos
de cualquier parte.
En la Mansión
Macilenta vivía un

muchacho. Ese chico estaba solo, sin nadie que se ocupara de él, y su única compañía era su imaginación desbocada. Resulta que la Mansión Macilenta era tan solitaria como la oscuridad, así que, con el tiempo, el muchacho se imaginó que tenía un amigo. Nombró a su AI «señor Malarkey», porque un amigo fantabuloso, por muy imaginario que sea, se merece un nombre fantabuloso.

El señor Malarkey era una criatura curiosa: tan redondo como un huevo, tan espléndido como un cielo estrellado y a rebosar de hechizos mágicos y trucos alucinantes. Y, de inmediato, hizo que el chico se sintiera mucho menos solo.

Entonces, en una noche fatídica de luna llena, el muchacho se imaginó a su amigo de una forma tan intensa que sucedió algo impresionante: ¡el señor Malarkey se volvió tan real como vuestras narices!

Los hechizos y los trucos del señor Malarkey eran todavía más mágicos y alucinantes en la vida real, y lo único que le importaba era que su amigo fuera feliz, más feliz que si estuvieran en Navidad.

Pero el chico no era feliz. Resulta que le caía bien el señor Malarkey cuando estaba en su cabeza, pero, en cuanto su AI se volvió real, algo cambió. El muchacho se dio cuenta de que no quería tener que compartir su casa con nadie; aunque fuera un producto de su propia imaginación. Aunque la mansión era lo bastante grande para los dos (lo bastante grande para un centenar de señores Malarkeys), el muchacho quería volver a estar solo.

Así que expulsó a su amigo inimaginario de la Mansión Macilenta y le prohibió que regresara jamás. Pero, como el pobre señor Malarkey no tenía ningún otro lugar al que ir, simplemente se desvaneció en una nube de tristeza y nunca más se lo volvió a ver.

Con el tiempo, el muchacho creció hasta convertirse en hombre, y el hombre se convirtió en un anciano. A pesar de sus esfuerzos, el anciano no había conseguido pasar la vida solo. Tenía una familia, aunque les recordaba tan a menudo como podía que preferiría que no estuvieran allí.

Estoy seguro de que estáis completamente ansiosos por conocer al muchacho que pasó a ser conocido como el viejo señor Moon. Pero, vaya, ¡eso es tan imposible como ver a una vaca volando! Y es que hay una cosita sobre ese hombre que no os he contado...

El viejo señor Moon está más que muerto.

Solo la nieta del anciano, Luna, lo sintió cuando se marchó. Y es Luna Moon quien podría ser la llave que desvele el misterio de esta historia absurda pero cierta, pues pueden ocurrir cosas extrañas cuando la imaginación se desboca...

Vamos a unirnos a Luna y al resto de la familia en La Mansión Macilenta. Estamos en mitad del invierno, y la familia del viejo señor Moon se ha reunido para presentarle sus respetos. Puede que el funeral ya haya terminado, pero desde luego la historia del anciano todavía no lo ha hecho...

CAPÍTULO UNO

ESTÁ MEJOR MUERTO

(DESPEDIDA AL VIEJO SEÑOR MOON)

Árbol genealógico de la familia Moon

Viejo señor Moon

Ray Moon - Dawn Moon   Summer Moon   Meriwether Moon

Luna Moon   Sonny Moon

«Una historia aguarda
detrás de cualquier puerta».

SK

E staba cayendo la noche mientras la familia
Moon bajaba la colina cubierta de nieve
que llevaba desde la capilla hasta la casa. Luna
Moon observaba las volutas de su aliento que le
salían de la boca mientras seguía a su familia a
cierta distancia.

—Qué funeral tan emocionante —declaró su
madre—. ¡Llevaba años sin reírme tanto!

—¡Me pasaría toda la noche bailando sobre la
tumba del viejo! —añadió su padre.

—¡Qué divertido! —dijo entre risas el tío
Meriwether—. Solo hay una cosa mejor que
decir adiós...

—... ¡y es decir hasta nunca! —completó la tía Summer.

Luna observó como su tía abría la puerta grande y chirriante de la casa y todo el mundo se sacudía la nieve de las botas antes de entrar en el enorme e imponente vestíbulo, riendo y bromeando.

—¿Podemos repetirlo mañana? —preguntó el hermano de Luna, entrando en la mansión.

Al igual que sus padres, Sonny tenía el pelo dorado y parecía que acababa de llegar de unas vacaciones. Luna, sin embargo, era tan blanca como el papel, con unos ojos faltos de sueño y una media melena de puro pelo blanco. Era todavía más blanco que la rata mascota de Luna, Simon Parker, que se encontraba sobre su hombro.

—El abuelo se ha muerto, Simon Parker, ¡y todo el mundo se alegra por ello! —le dijo Luna a la rata, quedándose rezagada en el umbral de la puerta—. Ya sé que no es que fuera muy agradable, pero era mi abuelo de todos modos.

La rata de Luna soltó un chillido tembloroso, con ganas de regresar a la relativa calidez de la Mansión Macilenta.

—Luna Moon, ¡estás dejando que entre todo el frío! —dijo su madre, y salió corriendo hacia la nieve para tomar a Luna de la mano.

Tiró de ella hasta el interior de la casa y cerró de golpe la puerta. Su madre era alta y esbelta, con un largo cabello al menos el doble de dorado que la luz del sol. Llevaba un reluciente vestido blanco que llegaba hasta el suelo.

—Bueno, será mejor que entremos en calor —señaló la tía Summer con una sonrisa, pisando fuerte mientras se paseaba por el enorme vestíbulo. La tía de Luna era bajita y rechoncha y, como ella también había decidido ponerse un vestido blanco y un abrigo para el funeral del viejo señor Moon, a Luna le recordaba a una bola de nieve. La tía Summer se dio unos golpecitos en la barbilla, pensativa—. ¿Quién sabe cuál es la mejor forma de entrar en calor?

—¡Los abrazos fuertes! —exclamó Sonny, emocionado.

—¡Abrazos fuertes! —gritaron todos menos Luna.

La familia comenzó de inmediato a abrazarse y espachurrarse, como si sus vidas dependieran de ello. Simon Parker se escabulló del hombro de Luna y se escondió en el bolsillo de su abrigo justo cuando los padres de la muchacha la rodeaban con un abrazo doble. La sensación era tan cálida como un edredón de plumas de ganso.

—Luna Mona Moon, ¿te hemos dicho últimamente cuánto te queremos? —le preguntó su madre.

—¿Cuánto? —preguntó la niña.

—De aquí hasta la luna, de ida y vuelta —contestó su padre.

—Siempre te hemos querido y siempre lo haremos.

Luna cerró los ojos mientras sus padres la abrazaban con fuerza. Podría haberse fundido en ese momento y vivir en él para siempre.

—Bueno, yo por lo menos sigo sin entrar en calor... —declaró la tía Summer, y después le guiñó un ojo a Sonny—. Me pregunto cómo podemos hacer para que fluya la sangre...

—¡Baile, baile, baile de la felicidad! —chilló Sonny, emocionado.

—¡Baile, baile, baile de la felicidad! —gritaron todos menos Luna.

—¡Se acabó lo de bailar en secreto en esta familia! —exclamó la tía Summer—. Tío Meriwether, ¡pon algo de música!

—¡Música marchando! —dijo entre risas el tío Meriwether, que se reía de todo y siempre siempre tenía hambre—. Y después, ¡una tarta! —añadió—. Me muero de hambre...

Mientras sus padres la dejaban sin aliento, Luna observó al tío Meriwether saltando hasta un viejo tocadiscos que había en un rincón del vestíbulo. Era todavía más rechoncho que la tía Summer y, entre su poblada barba blanca y su alegría, Sonny estaba convencido de que en realidad su tío era Papá Noel. El tío Meriwether seguía riendo mientras ponía un disco. Unos segundos más tarde, el sonido de una alegre banda de piano reverberó por la casa.

—¡Únete a nosotros, Luna! ¡Hace años que no hay música ni bailes en esta casa! —le dijo la tía Summer.

Mientras su tía tomaba a Sonny de las manos y lo hacía girar por el vestíbulo, Luna sintió una repentina punzada de furia en el estómago.

—¡Ya habéis bailado! —les espetó ella, zafándose del cariñoso abrazo de sus padres—. ¡Habéis bailado sobre la tumba del abuelo! Todos lo habéis hecho por turnos.

—¡Le estaba bien empleado! —contestó la tía Summer.

—¡Ese viejo aguafiestas malvado! —Se rio el tío Meriwether.

—¡Era un canalla! —dijo su padre.

—¡Era un cerdo! —añadió su madre.

—¡Le apestaba el aliento! —gritó Sonny, deseoso de unirse a los demás.

Para entonces, toda la familia estaba bailando en una especie de desenfreno atolondrado mientras la tía Summer cantaba:

«¡Soy el viejo señor Moon!
¡Nunca os dejo poner canciones!
¡Soy el viejo señor Moon!
¡Os pongo pimienta en los pantalones!
¡Soy el viejo señor Moon!
¡Os doy abejas para cenar!
¡Soy el viejo señor Moon!
¡Ya estoy muerto y tenéis libertad!»

Todo el mundo se lo estaba pasando mejor que un cerdo en una charca... todos menos Luna. Sí, su abuelo no era muy agradable, pero Luna estaba bastante segura de que no sabía cómo ser de otra manera.

—No deberíais alegraros por la muerte de alguien —murmuró la muchacha mientras la rata volvía a subirse a su hombro—. Aunque sea el abuelo.

Pero tampoco es que su abuelo hubiera sido amable con ella. Todas las semanas había intentado que se marchara de allí, expulsarla de la Mansión Macilenta.

—Venga, ¡márchate! Esta es mi casa, no la tuya... ¡Vete y déjame en paz! —resollaba el anciano, incluso cuando Luna se sentaba junto a su cama. En cuanto recuperaba el aliento, añadía—: Yo no me voy a marchar jamás de esta casa... ni siquiera cuando me muera. Voy a quedarme entre estas paredes... ¡Voy a atormentaros desde la tumba! Voy a atormentaros ¡y os estará bien empleado!

Esas palabras atormentaban a Luna, sí. Pero no estaba segura de que su abuelo lo dijera completamente en serio. Ni siquiera estaba segura de que realmente quisiera estar solo. Pensaba que, tal vez, su abuelo tenía miedo de estar solo. Así que se quedó junto a su cama hasta que el anciano soltó su último aliento.

Pero el resto de la familia no era tan indulgente como Luna.

—Miradme, ¡soy el viejo señor Moon! ¡Soy el viejo señor Moon y estoy mejor muerto! —decía entre risas la tía Summer, haciendo su mejor imitación de la silueta retorcida y deforme del anciano mientras subía bailando por la escalera curvada.

Luna pudo oír el canturreo de su tía mientras
esta se internaba entre las sombras… De
repente, se oyó un grito y la tía Summer
desapareció.

CAPÍTULO DOS

EL
PASILLORRIBLE

(LE ESTÁ BIEN EMPLEADO)

«¿Miedo? ¡El viejo señor Keys se ríe en la
cara del miedo! Y a veces grita».

SK

Tía Summer? —chilló Luna al oír el grito de
su tía.

Volvió a mirar a su familia, que seguía
bailando alegremente bajo una luz cálida. No
habían oído nada por encima del estruendo
de la música. Luna caminó con lentitud por
el grandioso vestíbulo, y el suelo respondía
a sus pisadas con fuertes crujidos. Antes de
llegar a la escalera que había en el extremo más
alejado del vestíbulo, tenía que pasar junto a
una armadura medieval de tamaño real que se
encontraba en mitad de la estancia, como si
fuera un centinela de hierro. Llevaba una espada

en su guantelete de metal, y un penacho de plumas oscuras salía de la parte superior de su casco. La armadura siempre había producido en Luna un extraño estado de nervios, así que pasó junto a ella corriendo para llegar al pie de las escaleras. Levantó la mirada hacia la oscuridad y apoyó la mano en la barandilla. La madera estaba pulida, y tan fría como el invierno.

La rata sobre su hombro chilló con nerviosismo.

—¿Qué es lo que te preocupa, Simon Parker? —le preguntó Luna, acariciándole la cabeza.

Al ser una rata, Simon Parker no respondió, pero Luna le dirigió una cálida sonrisa y él pareció calmarse. Luna siempre se sentía mejor cuando tenía a Simon Parker a su lado. Lo había encontrado cuando tenía ocho años: estaba preparando la cena para su abuelo y, cuando abrió el armario de la cocina, se encontró a la rata escondida entre dos latas de sopa. Su pelaje era tan blanco como el pelo de Luna y, aunque a la muchacha nunca le habían gustado las ratas que merodeaban por la Mansión Macilenta, Luna sintió una extraño afecto hacia aquella criatura pálida. Dado que su abuelo no permitía la entrada de ninguna clase de mascota dentro de la casa, Luna mantuvo a Simon Parker en secreto, escondiéndolo en el bolsillo de su abrigo siempre que el anciano se encontraba cerca de ella. Era el primer secreto que había guardado jamás.

Aunque no sería el último.

—¿Tía Summer...? —dijo Luna con un susurro.

Silencio.

Luna subió las escaleras con lentitud. La oscuridad se la tragó mientras seguía la curva de la barandilla hasta el rellano. La luz de la luna se derramaba desde los ventanales que había sobre ella, tiñéndolo todo de un azul gélido. «¿Dónde estará?», pensó la muchacha. Un escalofrío iba descendiendo por su columna vertebral, y entonces...

—...

Luna se dio la vuelta. Podría haber jurado que había oído la voz de la tía Summer, pero amortiguada, como si estuviera atrapada dentro de una alacena.

—¿Has oído eso, Simon Parker? —La rata se escabulló con nerviosismo de un hombro hasta el otro—. Pues menuda ayuda eres tú —añadió Luna, y se giró lentamente hacia el sonido. Y, entonces, lo vio:

EL PASILLORRIBLE.

El pasillo que conducía hasta el dormitorio de su abuelo se extendía como un mal recuerdo. La puerta que había al otro extremo apenas resultaba visible en la oscuridad. El hermano de Luna (que incluso tenía más miedo al viejo señor Moon que a las arañas) le había puesto el mote de «pasillorrible». No solo porque era largo y de algún modo era incluso más frío que el resto de la casa... ni siquiera porque el anciano solía acechar detrás de la temida puerta, preparado para lanzar un insulto o un zapato... sino por las docenas de retratos que

cubrían sus paredes. El pasillorrible estaba
lleno de retratos de su abuelo, como si la
única compañía que este disfrutara fuera
la suya propia. Dado que se negaba
a sonreír, el anciano tenía el mismo
aspecto en cada uno de los

retratos: viejo, amargado y con el ceño fruncido... unas venas como telarañas bajo la piel pálida y grisácea... unos labios apretados en señal de desaprobación... unos ojos penetrantes y sentenciosos.

«¿Habrá entrado la tía Summer en la habitación del abuelo?», pensó Luna. Dado que su abuelo, que siempre había sido un tacaño, había quitado todas las bombillas del pasillorrible, lo único que tenía la muchacha para guiarse era la luz de la luna que llegaba desde el rellano.

Contuvo el aliento mientras avanzaba con lentitud hacia la puerta. Oyó el CRIIC, CRIIIIC del entarimado... Sintió las ardientes miradas de los retratos. Y, entonces...

—...

¡Era otra vez la voz de la tía Summer! Todavía sonaba débil, pero ahora... ¿estaba más cerca? Simon Parker soltó un chillido. Luna estaba a punto de llevar la mano a la puerta cuando el cuadro que tenía a la izquierda captó su

atención. No era como todos los demás. Quien
le devolvía la mirada no era el rostro enfadado
y ceñudo de su abuelo.

De hecho, ni siquiera tenía el rostro de
su abuelo. Se trataba de un retrato de la tía
Summer.

¿Cómo es que Luna jamás se había fijado
antes en él? Había estado en aquel pasillo
en docenas de ocasiones. Y, ¿por qué dejaría
su abuelo que colgaran allí ese cuadro? No
permitía que hubiera imágenes de nadie salvo
de sí mismo. La muchacha lo examinó de cerca.

La tía Summer tenía una extraña expresión en el rostro, pero más extraño todavía era el hecho de que llevase el mismo vestido blanco reluciente y el abrigo que se había puesto para el funeral. Era como si alguien hubiera logrado pintar un retrato completo de ella desde la última vez que la muchacha la había visto.

—¿Cómo...? —murmuró.

Y, entonces, volvió a escuchar la voz de la tía Summer, distante y desesperada, y miró de nuevo hacia el cuadro. Se quedó boquiabierta.

El cuadro había cambiado. O, más bien, la expresión de la tía Summer había cambiado.

Estaba gritando.

Luna jamás había visto a nadie con un aspecto tan asustado. El retrato de la tía Summer la estaba mirando a los ojos, con la boca completamente abierta.

—¡Le está bien empleado! —siseó una voz.

Luna se dio la vuelta, pero allí no había nadie. La voz había salido de la nada... aunque no tenía ninguna duda de a quién pertenecía.

—¿A-abuelo? —preguntó sin aliento.

Retrocedió por el pasillo dando traspiés, sorprendida... y sintió una mano en su hombro.

—¡AAAAAAAH! —chilló.

Se dio la vuelta y se encontró con la mirada de su padre. Detrás de él estaba el resto de la familia, todos con expresiones de preocupación.

—¡Aquí estabas! —dijo él—. ¡No podíamos hacer el Baile de la Felicidad sin nuestro rayito de sol!

—¿Te encuentras bien, Luna? Estás muy pálida —añadió su madre—. Bueno, más pálida de lo normal. ¿Qué haces aquí arriba?

—¡Sin duda está trazando un plan con la tía Summer para robarme la tarta! —Se rio el tío Meriwether—. Por cierto, ¿dónde está tu tía?

—La... la ha atrapado —susurró la muchacha—. ¡Ha atrapado a la tía Summer!

—¿Qué? ¿Quién ha atrapado a la tía Summer? —preguntó su padre.

—El abuelo —respondió Luna—. Ha vuelto para atormentarnos.

CAPÍTULO TRES

SKELETON KEYS ENTRA EN ESCENA

(PREGUNTAS FANTABULOSAS,
RESPUESTAS FANTABULOSAS)

De *Los importantes pensamientos del señor S. Keys*
Volumen 14: Inimaginarios a través de los tiempos

No es de extrañar que la Mona Lisa tuviera una sonrisa misteriosa en la cara... ¿Quién podría haberse imaginado que era la amiga inimaginaria de Leonardo da Vinci?

E l abuelo ha regresado como un fantasma? —gimoteó Sonny aterrorizado—. ¡Dijo que lo haría! ¡Dijo que volvería para atormentarnos y que nos estaría bien empleado!

—Vuestro abuelo no ha hecho tal cosa —replicó su madre con seriedad—. Luna Moon, ¿por qué dices eso?

—He oído su voz —explicó la muchacha mientras la rata soltaba una serie de chillidos insistentes—. Y Simon Parker también la ha oído.

—Venga, no digas tonterías —intervino su padre con voz seria—. Tu abuelo está más muerto que un dinosaurio en una discoteca.

Y ya no hay vuelta atrás.

—Pero... —comenzó a decir Luna.

—No empieces con los «pero, pero, pero» —la interrumpió su madre. Señaló la puerta del dormitorio del viejo señor Moon—. Vuestro abuelo tiene las mismas posibilidades de volver para atormentarnos que de salir por esa puerta.

Hubo un

CLIC

y después un CLANC.

Luna miró hacia atrás.

Alguien había abierto la cerradura de la puerta de la habitación del anciano... ¡desde dentro!

—¿A-abuelo? —preguntó Sonny con voz ahogada mientras el pomo de la puerta giraba con lentitud.

Todos se quedaron paralizados. El único movimiento era el tic nervioso de los bigotes de Simon Parker.

La puerta se abrió crujiendo. Una figura se alzaba imponente en el umbral.

—No... no es posible... —murmuró el padre de los niños—. No puede ser el viejo...

—¡Ha regresado! —masculló el tío Meriwether con voz temblorosa—. ¡Ha regresado de entre los muertos!

—¿De entre los muertos? Bueno, supongo que tengo un aspecto un tanto sepulcral... —dijo la figura, avanzando hacia ellos.

Era alto, dolorosamente delgado, e iba vestido con un traje bien entallado con bombachos y una larga levita, calcetas blancas y zapatos con hebillas pulidas y relucientes. Pero, en el lugar donde cualquiera esperaría razonablemente encontrarse con una cabeza humana, la figura solo tenía un cráneo de un blanco cremoso.

Era un esqueleto.

El tío Meriwether fue el primero en gritar. Sonaba como un gato al que hubieran lanzado por la ventana.

—Suelo causar esa impresión —señaló el esqueleto. Sus ojos, que flotaban de forma imposible en las cuencas, miraban a cada uno de los miembros de la familia—. Me temo que fue sin piel como llegué a este mundo, y es sin piel como continúo.

—¿Có-cómo has entrado aquí? —preguntó la madre de Sonny y Luna, escondiéndolos detrás de ella—. ¿Quién eres tú?

—¡Preguntas fantabulosas para las que tengo respuestas fantabulosas! En primer lugar, entré por mi cuenta, lo cual es un juego de niños cuando eres yo... y resulta que yo soy yo. Pues tengo esto. —El esqueleto meneó los dedos, y Luna se dio cuenta de que cada dedo huesudo terminaba en una llave igualmente huesuda—. En segundo lugar, me llamo Keys... Skeleton Keys. Y, aunque siempre me gustó el nombre de Bartholomew, he de admitir que mi nombre encaja muy bien conmigo. —El esqueleto extendió un brazo de forma abrupta y señaló hacia la izquierda—. Y esta es mi ayudante de confianza, Daisy.

—¿Dónde? —preguntó el padre de los niños.

Skeleton Keys echó un vistazo a su lado y vio un espacio vacío.

—Rayos y centellas, ¿adónde ha ido? —gruñó—. Estaba aquí hace un momento. Ese es el problema de tener una seguidora capaz de volverse invisible. ¡No os preocupéis! Estoy seguro de que volverá a aparecer.

Luna echó un vistazo a Skeleton Keys y de pronto sintió más frío del que había sentido jamás: un frío desgarrador que comenzó en sus huesos y se abrió paso por todo su cuerpo. Pero estaba bastante segura de que lo que le helaba la sangre no era ver a aquel esqueleto que caminaba y hablaba. Era el retrato de la tía Summer... y esa voz. ¿De verdad había escuchado a su abuelo, hablándole desde más allá de la tumba?

—Y ahora, espero que seáis gente agradable y no le dediquéis ni un pensamiento más a mi apariencia —continuó Skeleton Keys—. Y es que, aunque una vez fui el producto de una imaginación demasiado activa, ahora soy vuestra mayor esperanza para sobrevivir.

—¿Qué quieres decir? —preguntó el tío Meriwether.

—¡Quiero decir que os enfrentáis a un terrible terrible peligro! —exclamó Skeleton Keys, levantando los brazos en el aire—. Bueno, eso creo. No he tenido oportunidad de mirar por aquí. Contadme, ¿ha ocurrido algo últimamente que podáis considerar un tanto extraño o fuera de lo ordinario?

—No... no estoy seguro de lo que quieres decir —contestó el padre de los niños.

—Acabamos de sufrir una muerte en la familia... —añadió la madre.

—Sí, eso ha pasado —dijo el padre.

—Y hemos bailado un poco. Antes nunca habíamos hecho eso... —señaló el tío Meriwether.

—Cierto... Eso ha sido un cambio agradable —afirmó el padre.

—Y, después, el abuelo volvió como un fantasma y convirtió a la tía Summer en un cuadro —dijo Luna.

—Sí —contestó su padre—. El abuelo convirtió a la tía Summer en un... Espera, ¿QUÉ?

CAPÍTULO CUATRO

EL TEMBLOR

(EN ALGÚN LUGAR ACECHA
UN INIMAGINARIO)

Un momento más tarde, Luna y su familia (además del esqueleto que caminaba y hablaba y tenía llaves en vez de dedos) estaban reunidos alrededor del retrato de la tía Summer. La imagen había vuelto a cambiar: la tía Summer se encontraba ahora con los brazos en alto, como si estuviera desesperada por que alguien se metiera dentro del cuadro para sacarla al exterior.

—Esto sí que me deja boquiabierto —dijo Skeleton Keys, con el cráneo inclinado hacia un lado mientras observaba el retrato—. Entonces, estás diciendo que este cuadro apareció de la nada, como por arte de magia... ¿y ahora la señorita que está representada en él no la encontráis por ningún sitio?

—El abuelo ha convertido a la tía Summer en un cuadro —repitió Luna.

Simon Parker soltó un chirrido nervioso, en señal de asentimiento.

—¡Queso con galletas! —exclamó Skeleton Keys—. Esto es peor que soltar un plátano en medio de un grupo de monos. Sin embargo...

—Sin embargo, ¡esto es una chorrada, hablando claro! —lo interrumpió el padre de Luna, señalando el retrato con un dedo—. Esa no puede ser la tía Summer. Tiene que estar en algún lugar de la casa. No se puede meter a una persona dentro de un cuadro... ¡Eso es imposible!

—Para un fantasma no lo es —replicó Luna.

La madre de la muchacha se giró hacia ella y le puso las manos sobre los hombros.

—Corazón, ese cuadro no es más que un cuadro —le aseguró—. Estoy convencida de que tiene que haber una explicación perfectamente razonable y razonablemente perfecta para todo esto... Lo más seguro es que la tía Summer se haya ido bailando hasta el ala este. Y desde luego no hay ningún fantasma por aquí... a excepción, tal vez, de este hombre esqueleto.

—Eso es tan cierto como los nabos... ¡Los fantasmas no existen! —declaró Skeleton Keys mientras descolgaba el retrato de la pared—. El problema que tenemos entre manos es un inimaginario.

—¿Un inimaginario? —repitió la madre de Luna—. Señor Keys, esa es una palabra inventada.

—¿Acaso no son inventadas todas las palabras? —reflexionó Skeleton Keys—. Lo que quiero decir es que algunos mequetrefes tienen una imaginación demasiado desbocada. Yo lo sé mejor que nadie: el viejo señor Keys no era nada más que un amigo imaginario, ¡hasta el día que me imaginaron de una forma tan vívida y desbocada que me volví tan real como vuestras orejas! Escuchad bien lo que os digo, amigos míos: en algún lugar de esta casa, merodea entre las sombras un AI convertido en real... ¡un inimaginario!

Luna miró fijamente a Skeleton Keys. «¿Inimaginario?», pensó, repitiendo la palabra en su cabeza. «Pero ¿qué pasa con esa voz? Yo conozco esa voz...»

—¿Amigos imaginarios que cobran vida? —preguntó su padre—. Vas a necesitar una excusa mejor para colarte en nuestra casa y dejarnos a todos muertos de miedo...

—¿Una excusa? ¡Tengo el temblor! —replicó Skeleton Keys con orgullo—. Un asombroso traqueteo de los huesos que me permite saber cuándo alguien ha inimaginado a un amigo imaginario —continuó—. ¡El temblor jamás se equivoca! Salvo por esa vez... Bueno, dos veces si contamos el incidente con el monstruo bebé. En cualquier caso, ahí estaba yo, pensando en cosas importantes en mi casa del Puertominio, cuando todos los huesos de mi cuerpo de repente comenzaron a dolerme. De arriba abajo; el temblor se había apoderado de mí... ¡Había aparecido un inimaginario! Y, de entre todas las puertas infinitas que podría haber abierto, el temblor me trajo hasta aquí, con vosotros.

—A mí me parece una historia muy descabellada —dijo la madre de Luna, levantando una ceja—. ¿Qué aspecto tiene uno de esos inimaginarios que dices? ¿Son como tú?

—No tienen ningún aspecto concreto... ¡La imaginación no tiene límites! —exclamó Skeleton Keys—. Pero lo único cierto aquí es que uno de vosotros tiene que haber inimaginado a un AI.

—¿Un AI? —preguntó el padre de Luna.

—¡Un amigo imaginario! Un compañero de la mente —respondió el esqueleto, dirigiendo la mirada por turnos a cada uno de los miembros de la familia—. ¿Quién de vosotros ha sido el que ha inimaginado? Pensad, mis queridos mequetrefes...

—Yo nunca he tenido un amigo imaginario —aseguró la madre de Luna—. Mucho menos voy a tener un amigo inimaginario.

—Y yo tampoco —añadió su marido—. ¡Qué tontería!

—Me muero de hambre —dijo el tío Meriwether—. ¿Alguien quiere tarta?

—¡Yo no he sido! —gritó Sonny, aterrorizado.

—¿Y qué hay de ti, florecilla? —preguntó Skeleton Keys, inclinándose hacia Luna y fulminando con la mirada a la rata nerviosa que

se movía en su hombro—. Tal vez ayer mismo este ratoncillo crecido no era más que un producto de tu imaginación...

—Eh... —comenzó a decir Luna mientras Simon Parker se apresuraba a esconderse en su bolsillo, nervioso.

—Déjala en paz —dijo el padre de Luna, interponiéndose entre la muchacha y el esqueleto—. Esa rata no es más que una rata. Luna tiene a Simon Parker desde hace años.

—¿Años? Hum, eso echaría por tierra mi teoría —suspiró Skeleton Keys.

—Yo no necesito ningún amigo imaginario, ya tengo a mi familia —insistió Luna mientras la rata volvía a subirse a su hombro—. En cualquier caso, he oído la voz de mi abuelo, y él no es imaginario. Está muerto.

—Pero ¿quién podría haber hecho esto si no es un inimaginario? —preguntó Skeleton Keys, sosteniendo el retrato en alto. La expresión de la tía Summer había vuelto a cambiar; ahora parecía que estuviera gritando—. He visto a un inimaginario convertirse en agua justo delante de mis ojos... Otro engulló una bicicleta de dos bocados... Y otro incluso hizo aparecer un barco pirata de la nada. Convertir a alguien en un cuadro me parece algo bastante posible.

—¡Yo no quiero que me conviertan en un cuadro! —gritó Sonny, corriendo hacia los brazos de su padre.

—No pasa nada, girasol —lo tranquilizó su madre con firmeza, antes de dirigirse hacia Skeleton Keys—: En lugar de asustar a mis niños, señor Keys, ¿por qué no nos ayudas a encontrar a la tía Summer para dejar todo este asunto atrás?

—Y después, ¡nos iremos a la cocina para comer un trozo de tarta! —sugirió el tío Meriwether con una carcajada ahogada.

—¡Plantástico! —asintió Skeleton Keys, y se puso el cuadro de la tía Summer debajo del brazo—. Ah, y estad atentos por si veis a mi ayudante de confianza, Daisy... Es la que tiene la cabeza del revés —añadió—. Bueno, ¡vamos

allá! ¡El primero en encontrar a un inimaginario
será el ganador!

—¡Estamos buscando a la tía Summer! —le
espetó el padre de Luna.

—¡Y eso también! —dijo Skeleton Keys.

CAPÍTULO CINCO

LA
BIBLIOTECA

(LOS OJOS MUY ABIERTOS)

«Si te da miedo o te asusta,
si oírlo de noche no te gusta,
¡puede que ese temible adversario
no sea más que un inimaginario!».

SK

La familia Moon decidió dividirse para buscar a la tía Summer por toda la casa. La Mansión Macilenta era enorme, con numerosos pasillos que se extendían de una habitación en sombras a otra. Por no mencionar garajes, establos y hasta una capilla, donde habían enterrado al viejo señor Moon aquella misma mañana. Mientras la madre de Luna y Sonny se unía al tío Meriwether para buscar por el ala oeste, los niños se dirigieron hacia el ala este con su padre y Skeleton Keys.

—Luna, ¿de verdad crees que el abuelo ha regresado como un fantasma? —susurró Sonny mientras seguían a Skeleton Keys a través de pasillos oscuros y terriblemente fríos, en su camino hacia el ala este.

—Eh... —comenzó a decir la muchacha.

—Ya has oído a mamá, Sonny... Ese viejo putrefacto se ha ido para siempre y no hay ningún fantasma —aseguró su padre—. Estáis diciendo muchas tonterías sin ningún sentido, ¿a que sí, Luna?

Ella no respondió. No comprendía demasiado bien lo que sucedía, y estaba convencida de que su familia tampoco lo entendía. Pero había una cosa de la que estaba segura: había oído la voz de su abuelo. Y, si alguien podía cumplir su promesa de regresar como un fantasma, ese era el viejo señor Moon.

—Podéis estar tranquilos, florecillas. En nueve y media de cada diez ocasiones, los fantasmas no son más que un amigo inimaginario haciendo travesuras —aseguró Skeleton Keys.

—Señor Keys, por favor, ¿le importaría dejar de asustar a mis hijos? No hay necesidad de

llenarles las cabezas de historias disparatadas...
—se quejó el padre de Luna con un susurro.
Después, esbozó una sonrisa y se giró hacia los
niños—. ¡Todo va a ir estupendamente! ¡Abrazo
de emergencia!

—¡Abrazo de emergencia! —repitió Sonny
mientras su padre lo abrazaba con fuerza.

Luna pasó junto a ellos y aceleró el paso
hasta que llegó a unas grandes puertas
dobles que conducían a la biblioteca. Agarró
ambos picaportes y las abrió. Un olor rancio
y polvoriento a libros sin leer entraba por la
nariz de la muchacha mientras se abría paso
por el interior de la biblioteca. Esta siempre
había sido una zona vedada: el abuelo de Luna
aseguraba que leer provocaba grandes ideas...
y las ideas grandes estaban prohibidas en la
Mansión Macilenta. La biblioteca se convirtió
en otro secreto que la joven tenía que guardar.
Solo en mitad de la noche se colaba dentro para
devorar libros, perdiéndose en hechos, ficciones
y mundos lejanos.

—Cuando se acabe toda esta tontería, vamos a leer todos los libros que hay aquí, y el viejo señor Moon no podrá hacer nada al respecto —dijo el padre de Luna, guiñándole un ojo—. Vamos a leerlos todos en voz alta, e imitando todo tipo de voces graciosas. ¡Vamos a doblar las esquinas de las páginas y a romper los lomos! ¡Toma eso, viejo monstruo podrido!

—Papá, ¡para! Te va a oír el abuelo... —susurró Luna.

Le echó un vistazo a Skeleton Keys, que estaba hojeando un libro de forma incómoda, con sus dedos terminados en llaves y el retrato de la tía Summer todavía debajo de un brazo. Parecía estar seguro de que aquel problema estaba causado por un «amigo inimaginario», lo cual significaría que Luna se equivocaba al pensar que su abuelo había regresado de la tumba.

«Pero no puedo estar equivocada», se dijo la muchacha a sí misma. «No puede ser...».

—¡Tened los ojos muy abiertos, mequetrefes! Hay un inimaginario aquí, por alguna parte, puedo sentirlo en los huesos... —afirmó Skeleton Keys, buscando por debajo de una mesa cercana. Simon Parker correteó de repente desde el hombro de Luna hasta su cabeza, emitiendo unos chillidos de preocupación. Luna levantó la mirada lentamente... y se quedó boquiabierta—. Tenemos que permanecer atentos por si vemos cualquier cosa extraña o perturbadora —continuó Skeleton Keys—. Y también algo que resulte sorprendente, peculiar o particularmente petrificante...

—¿Co-como eso? —farfulló Luna, señalando el techo con un dedo tembloroso.

Skeleton Keys levantó la mirada. Los libros, que habían estado ordenadamente colocados en sus estantes hasta hacía un momento, ahora estaban flotando en el aire. Había docenas y docenas de libros, suspendidos por encima de sus cabezas a causa de alguna fuerza invisible, con las cubiertas abriéndose y cerrándose como alas que batían con parsimonia.

—Repámpanos —exclamó Skeleton Keys—.

¡No temáis, florecillas! Un buen libro
no puede hacerte daño...
    Pero lo que Skeleton Keys no sabía
era que aquellos no eran buenos libros.

Aquellos eran MALOS.

CAPÍTULO SEIS

EL ATAQUE
DE LOS LIBROS

(ASÍ APRENDERÁ)

«Si quieres echar un vistazo
a un libro sobre tu regazo,
¡descubrirás que un mundo te espera
y te llevará a algún lugar ahí fuera!».

SK

R ayos y centellas! —gritó Skeleton Keys mientras uno de los libros voladores descendía en picado. El esqueleto se agachó mientras el libro pasaba zumbando sobre su cabeza y chocaba contra una pared—. Sí que han dado un giro argumental estos libros... ¡Estas historias voladoras son tan malas que resultan completamente ilegibles! —añadió—. ¡Pretenden hacernos daño!

Skeleton Keys trató de salir corriendo hacia la puerta, pero una masa furiosa de libros aleteando le bloquearon el camino de inmediato, trazando arcos y girando por el aire.

—¡Pe-pero esto es imposible! —balbuceó el padre de Luna, inmóvil por el aturdimiento.

Unos segundos más tarde, dos libros se abalanzaron hacia Sonny. Luna gritó y lo apartó de su camino; sintió que uno de los libros le alborotaba el pelo mientras volaba por encima de su cabeza, sin alcanzar a Simon Parker por un solo bigote. Chocó contra la mesa antes de volver a elevarse en el aire aleteando, mareado. Después, como si les hubieran dado una orden, más libros comenzaron a atacarlos, uno tras otro, aleteando de forma salvaje.

—¡Cuidado! ¡Algunos son de tapa dura! —aulló Skeleton Keys mientras un libro volador por poco no le golpea el cráneo—. ¡Meteos bajo la mesa, florecillas!

Luna se quitó la rata de encima de la cabeza y sujetó a su hermano por el brazo. Los arrastró debajo de la mesa mientras una docena más de libros se lanzaba contra ellos. Sonny y Simon Parker soltaron gritos aterrorizados mientras los libros se estampaban contra la mesa con un golpeteo ensordecedor. Los libros más grandes regresaron al aire con incómodas sacudidas de las cubiertas, mientras que los de tapa blanda, más pequeños, aleteaban aturdidos donde habían aterrizado.

—¡Haced que paren! —gritó Sonny por encima de la cacofonía de ruidos mientras se aferraba a su hermana como si le fuera la vida en ello.

—¡Están por todas partes! ¡Haz algo, Keys!

—exclamó el padre de los niños, agitando los brazos desesperadamente contra el bombardeo de libros.

—Este sería el momento perfecto para que mi ayudante de confianza me proporcionara alguna ayuda verdaderamente útil... —gruñó Skeleton Keys. Levantó uno de los dedos terminados en llaves—. No os preocupéis, ¡porque yo escribí un libro sobre cómo escapar con estilo! ¡Os presento la Llave de las Huidas Rápidas! ¡Con esta llave, puedo crear puertas allí donde no hay ninguna, para que nos transporten rápido como un relámpago desde este lugar hasta otra ubicación completamente distinta! La verdad es que es de lo más útil tener una cosa así. Lo único que debo hacer es...

—¡HAZLO DE UNA VEZ! —gritó el padre.

—Ah, sí, tal vez haya que dejar para más tarde una explicación detallada sobre el funcionamiento de mi maravillicioso dedo —continuó Skeleton Keys—. Tengo que encontrar una ruta de escape antes de que...

¡UF!

Un libro golpeó de repente la parte posterior de la cabeza de Skeleton Keys, haciéndolo caer sin fuerza al suelo. El retrato de la tía Summer salió volando desde sus manos y se deslizó por debajo de la mesa. La tía Summer parecía mirar fijamente a Luna desde el cuadro, con el rostro desfigurado por el miedo.

—¡Abrazos de emergencia! ¡Abrazos de emergencia! —chilló Sonny, en pánico.

—¡Papá! —gritó Luna—. ¡Ayuda!

—¡Ya voy! —exclamó él—. Estoy...

Un libro abierto lo golpeó con fuerza en el pecho. Él agarró el libro y trató de tirarlo lejos de allí, pero este se aferraba

con tanta fuerza al padre de Luna que era como si estuviera pegado con pegamento. Otro libro lo golpeó, y después un tercero y un cuarto, haciéndolo retroceder a trompicones. Después, todos los libros de la biblioteca se giraron hacia él de inmediato y se abalanzaron en su dirección. En cuestión de segundos, el padre de los niños había desaparecido, enterrado debajo de una montaña de papel.

Luego, el ataque terminó tan rápido como había comenzado. Los libros se quedaron inmóviles. Un silencio ensordecedor inundó la biblioteca, como si hubieran apagado la habitación entera.

—¿Papá...? ¡Papá! —gritó Luna. Dejó a Sonny hecho un ovillo bajo la mesa y salió a rastras. Corrió hacia la montaña de libros y comenzó a escarbar entre ellos—. ¡Sonny, ayúdame!

Para cuando Sonny reunió el valor de salir a ayudar a su hermana, esta ya había despejado la mitad de la montaña de los libros.

EL HOMBRE
QUE SE
PERDIÓ EN
UN LIBRO
Una historia
de venganza
del viejo señor
Moon

—¿Dónde está? ¡Papá! —gritó Luna.

Pero, un momento más tarde, ya podía ver el suelo de la biblioteca. Su padre no estaba por ninguna parte; era como si hubiera desaparecido.

—¿Adónde ha ido? —gimoteó Sonny, tembloroso.

Simon Parker olisqueó con nerviosismo el último de los libros, y su título le llamó de repente la atención a Luna.

—¿Qué...? —murmuró Luna mientras miraba fijamente la cubierta. Cogió el libro y lo abrió por la primera página.

EL HOMBRE QUE SE PERDIÓ EN UN LIBRO

Una historia de venganza del viejo señor Moon

—Cuando se acabe toda esta tontería, vamos a leer todos los libros que hay aquí, y el viejo señor Moon no

podrá hacer nada al respecto —dijo el padre de Luna, guiñándole un ojo—. Vamos a leerlos todos en voz alta, e imitando todas las voces graciosas. ¡Vamos a doblar las esquinas de las páginas y a romper los lomos! ¡Toma eso, viejo monstruo podrido!

Pero él no sabía que había un fantasma en la Mansión Macilenta.

El viejo señor Moon se lo haría pagar.

El viejo señor Moon se lo haría pagar a todos.

—Así aprenderá —dijo una voz... La voz del abuelo.

—Sonny, ¿has oído eso? —preguntó Luna—. Dime que lo has oído...

—¿Oír qué? Yo no he oído nada —respondió Sonny, con lágrimas en los ojos—. Luna, ¿dónde está papá?

—Es-está... aquí dentro —susurró la muchacha, aferrando el libro con fuerza contra su pecho—. El abuelo lo ha convertido en un libro.

CAPÍTULO SIETE

DAISY ENTRA EN ESCENA

(UNA PEQUEÑA AYUDA DE UNA PEQUEÑA AYUDANTE)

De *Los importantes pensamientos del señor S. Keys*
Volumen 7: La Llave de las Huidas Rápidas

¿Es demasiado peligroso quedarte a mirar?
¡Pues usa esta llave para que te puedas largar!

Repámpanos! Me encantan los libros que están llenos de sorpresas, pero ese ha estado a punto de arrancarme la cabeza —gruñó Skeleton Keys, frotándose el cráneo mientras se ponía en pie. Miró a su alrededor y vio a Luna y a Sonny, arrodillados entre centenares de libros ahora sin vida—. ¡Menuda suerte! Parece que hemos ganado nuestra guerra contra las palabras. Pero, contadme: ¿dónde está vuestro padre?

Luna se puso en pie y levantó el libro que tenía en las manos.

—El abuelo... ha convertido a papá en un

libro —explicó mientras Sonny sollozaba en silencio.

El esqueleto inspeccionó la cubierta con atención, inclinando lentamente la cabeza a un lado y a otro.

—¡Qué acontecimiento tan confusionante! —exclamó Skeleton Keys—. Lo ha transformado de hombre a manuscrito... Nuestro misterioso inimaginario es sin duda un maestro de la hechicería...

—No, es el abuelo —insistió Luna con firmeza—. Ha sido él. Es un fantasma.

—Lo-lo-lo... —tartamudeó Sonny, otra vez con los ojos muy abiertos y aterrorizados.

—Los fantasmas no existen. ¡Tienes toda la razón, Sonny! —afirmó Skeleton Keys.

—Lo-lo-lo —volvió a tartamudear Sonny, mientras la rata de Luna soltaba un chillido temeroso.

—Pero tiene que ser el abuelo —insistió Luna, señalando el libro—. ¡Mirad la cubierta! ¡Su nombre está ahí escrito!

—¡LO-LOS LIBROS! —gritó Sonny al fin.

Luna y el esqueleto dieron media vuelta. Los libros se habían elevado en el aire otra vez, pero en aquella ocasión giraban y daban vueltas al unísono, como una bandada de estorninos. Luna cogió a Simon Parker y se lo volvió a meter en el bolsillo del abrigo mientras los libros se elevaban por encima de ellos, preparados para atacar.

—¡Esos libros parecen estar escribiendo su propia continuación! —dijo Skeleton Keys mientras la sombra de la bandada de libros caía sobre ellos.

—¡Eh! —gritó alguien.

La bandada giró a la vez en dirección al sonido. Una niña apareció de la nada encima de la mesa. Aparentaba unos seis años, pero todo en ella, desde su piel hasta sus coletas y su vestido de rayas era de color gris, como si hubiera salido de una foto en blanco y negro.

Y tenía la cabeza del revés.

—¡Daisy! —exclamó Skeleton Keys—. Por fin

voy a tener una pequeña ayuda
de mi pequeña…

—Yo no soy tu ayudante —gruñó
la niña con la cabeza del revés.

—¡Compañera! Iba a decir «compañera»
—le aseguró Skeleton Keys—. ¡Y tu
distracción es de lo más oportuna!

—¿Distracción? Esqueleto estúpido…
he venido aquí para golpear
libros y dejarles las cosas claras
—gruñó Daisy, plantando los
pies sobre la mesa—. ¡Venga, libruchos
patéticos! Me da igual que seáis libros de
historia o de ficción, ¡os voy a dejar hechos
papilla!

Y, tras eso, los libros trazaron un arco en el
aire mientras una nube grande y solitaria se
cernía sobre Daisy. La bandada ascendió hacia el
techo antes de quedarse flotando amenazadora
por encima de ella. Pero, aunque no tenía
ningún escondrijo al que huir, Daisy no se
inmutó siquiera. En lugar de eso, sacó una caja

de cerillas de su bolsillo, extrajo uno de los fósforos y lo encendió. Una llama pequeña y parpadeante cobró vida.

Daisy levantó la cerilla por encima de su cabeza. La bandada de libros se detuvo de repente, con las cubiertas agitándose con un nerviosismo recién descubierto.

—Sí, eso es, libros-pájaro... fuego. Lo único que teméis más que acabar

abandonados en un estante —se burló Daisy, moviéndose por la mesa con un extraño caminar hacia atrás—. Venga, saco de huesos, ahora sería un buen momento para que utilizaras una de tus llaves...

—¿Una de mis qué? ¡Ah, sí! Estaba a punto de entrar en acción... —dijo Skeleton Keys. Introdujo la Llave de las Huidas Rápidas en una pared cercana y la hizo girar con un CLIC-CLANC. En un instante, una puerta apareció de la nada y se materializó en la pared. Skeleton Keys la abrió de golpe—. ¡Adelante, florecillas!

Con el libro que había sido su padre en una mano y el brazo de Sonny en la otra, Luna echó a correr hacia la puerta. Skeleton Keys cogió el cuadro de la tía Summer de debajo de la mesa y los siguió mientras Daisy saltaba de la mesa con una sonrisita de suficiencia. Se dirigió hacia la puerta, vigilando bien con la cabeza del revés a los libros mientras la cerilla se consumía poco a poco.

—Como a alguno de vosotros se le ocurra

pasar siquiera una página, voy a... —comenzó
a decir, pero Skeleton Keys apareció en el
umbral de la puerta y apagó la llama de la
cerilla entre dos de sus dedos—. ¡Oye! —se
quejó ella.

La bandada de libros se abalanzó de
inmediato hacia ellos, pero Skeleton Keys fue
más rápido: empujó a Daisy por la puerta y la
cerró de golpe detrás de ellos.

CAPÍTULO OCHO

LA COCINA

(UNA EXPLICACIÓN PERFECTAMENTE
RAZONABLE Y RAZONABLEMENTE
PERFECTA)

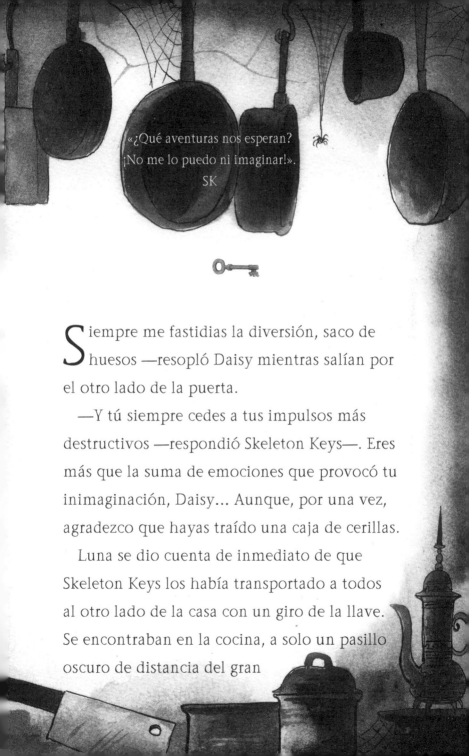

«¿Qué aventuras nos esperan?
¡No me lo puedo ni imaginar!».
SK

Siempre me fastidias la diversión, saco de
huesos —resopló Daisy mientras salían por
el otro lado de la puerta.

—Y tú siempre cedes a tus impulsos más
destructivos —respondió Skeleton Keys—. Eres
más que la suma de emociones que provocó tu
inimaginación, Daisy... Aunque, por una vez,
agradezco que hayas traído una caja de cerillas.

Luna se dio cuenta de inmediato de que
Skeleton Keys los había transportado a todos
al otro lado de la casa con un giro de la llave.
Se encontraban en la cocina, a solo un pasillo
oscuro de distancia del gran

vestíbulo, desde donde la tía Summer había subido bailando las escaleras hacia la oscuridad. La habitación era cuadrada, anodina y gris, con una mesa grande en el centro y todas las paredes cubiertas de alacenas.

—Esta debe de ser, ¿qué, la décima vez que te salvo esos huesos viejos? —se burló Daisy mientras Skeleton Keys colocaba el retrato de la tía Summer encima de la mesa de la cocina—. Sinceramente, no tengo ni idea de cómo has podido sobrevivir durante tanto tiempo sin mí.

Luna no se dio cuenta de que tenía los ojos clavados en Daisy hasta que esta la fulminó con la mirada.

—¿Y tú qué miras? ¿Es que nunca has visto a una chica con la cabeza del revés? —preguntó, y una extraña sonrisa torcida apareció en su rostro.

Luna se apresuró a apartar la mirada. Dejó el libro que antes había sido su padre sobre la mesa de la cocina, junto al cuadro, y después comprobó cómo se encontraba Simon Parker, animándolo a salir de su bolsillo con arrullos tranquilizadores.

—Quiero que venga mamá —suspiró Sonny, tirando del abrigo de Luna y sorbiendo las lágrimas por la nariz—. ¿Me das un abrazo de emergencia? Tengo miedo...

—Tú siempre tienes miedo —replicó su hermana en voz baja. Le dio un fuerte abrazo al muchacho y le frotó la espalda—. Por eso me tienes a mí.

—¿Por qué aguantas a ese llorica? —gruñó Daisy—. Está más empapado que unos pañales usados.

—Es mi... mi hermano —explicó Luna—. Me necesita.

—Bueno, pues si fuera mi hermano, yo lo cogería de los pies y lo zarandearía hasta que sus lágrimas de llorica formaran un charco en el suelo —replicó Daisy—. Y después lo tiraría dentro.

—Está muy mal decir esas cosas —dijo Luna muy seria.

—Gracias por darte cuenta, tontaina —contestó Daisy con orgullo—. ¿Tú también te vas a poner a llorar?

—No puedo hacerlo —admitió Luna con voz monótona—. No sé por qué, pero no me salen las lágrimas.

Daisy no estaba segura de qué hacer con una respuesta tan sincera, así que se limitó a chasquear la lengua y arrastrar los pies por el suelo.

—Rayos y centellas, Daisy, ¿es que tienes que provocar a cada alma viviente que te encuentres? —preguntó Skeleton Keys, inspeccionando el libro del padre de Luna que había sobre la mesa.

—Hacer llorar a los llorones es la segunda cosa que más me gusta en el mundo, después de fastidiarte a ti —respondió la niña—. ¿Podemos irnos a casa ya? Este sitio huele a gente vieja.

—No hasta que lleguemos al fondo de la misteriosa amenaza que atormenta a esta familia —replicó Skeleton Keys—. Lo que quiera que esté acechando en las sombras de esta casa nos está haciendo quedar como un par de gansos desplumados.

—¿Qué te crees que he estado haciendo todo este tiempo? —resopló Daisy—. Mientras tú jugabas a las familias felices con todos estos, yo me volví invisible para hacer lo que hace Daisy: inspeccionar por toda la casa en busca

de pistas… y cualquier cosa que merezca la pena mangar. —Y, con esas palabras, abrió una de las alacenas para revelar docenas de latas de sopa idénticas—. Y, a menos que te guste mucho la sopa, no hay nada.

—El abuelo odiaba masticar —explicó Luna—. Decía que masticar hacía que comer fuera demasiado interesante.

—No estaba hablando contigo, criarratas —gruñó Daisy—. Aun así, a lo mejor podrías explicarme una cosa. La mayoría de las habitaciones están llenas solo de polvo. Ni siquiera hay camas suficientes para todo el mundo. ¿Se puede saber dónde…?

—¡Luna! ¡Sonny!

La madre de los niños irrumpió de repente por la puerta de la cocina, con el tío Meriwether pisándole los talones. La mujer no perdió el tiempo en aferrar a Luna y a Sonny contra ella.

—Ay, parece que hayáis visto a un fantas… Quiero decir, ¿estáis bien? ¿Habéis encontrado a la tía Summer?

—¡Mamá! ¡Ha atrapado a papá! —gritó Luna, cogiendo el libro de la mesa de la cocina—. ¡El abuelo ha atrapado a papá! ¡Mira!

—¿En un libro? —preguntó su madre.

—¡Fíjate en la portada! ¡Léela! —aulló Luna, tan alto que Simon Parker soltó un chillido sobresaltado—. Es papá... El abuelo lo ha convertido en un libro.

—¿Que lo ha convertido en un...? Ay, rayito de sol, pero si eso es imposible —contestó la mujer, chasqueando la lengua mientras le quitaba el libro a Luna. Contempló la portada y, a pesar del brillo saludable de su piel, se puso bastante pálida—. Estoy segura de que hay una explicación perfectamente razonable y razonablemente perfecta para todo esto —dijo al fin—. Esto no es tu padre, al igual que ese retrato no es tu tía Summer... Todo esto no es más que un truco. Un truco muy elaborado, pero un truco de todos modos.

—Uf, estos idiotas no reconocerían a un inimaginario ni aunque les mordiera el culo, cosa que todavía podría hacer —se quejó Daisy—. Vámonos ya, saco de huesos. Que se queden aquí para acabar convertidas en unas cortinas o lo que sea.

—¿Y tú quién eres? —preguntó la madre de los niños, dirigiéndose a Daisy.

—Podría ser el conejito de Pascua... o podría ser tu peor enemiga —respondió Daisy como si nada—. ¿Quieres descubrir cuál de las dos cosas soy?

—Esta es Daisy, mi compañera a la hora de resolver problemas, fiel, aunque un tanto maleducada —la interrumpió Skeleton Keys—. Y, ahora, dado que parece que os estén atrapando uno por uno, sugeriría que nos quedáramos todos en esta habitación hasta que pueda resolver este misterio.

—¿Quedarnos en la cocina? ¡Eso sí que es una buena idea! —exclamó el tío Meriwether con una carcajada nerviosa—. Aquí es donde están

todas las tartas, ¡y al menos yo me muero de hambre!

—¿Tartas? Ya quisieras tú —se burló Daisy.

—¿Qué quieres decir? —preguntó el tío Meriwether.

—No hay tartas por ninguna parte, solo sopa de viejo hasta donde alcanza la vista —resopló la muchacha, abriendo otra alacena y señalando con un dedo las numerosas latas de sopa.

—¡Pero yo siempre tengo tarta! ¡Deliciosa y tan jugosa que se deshace en la boca, con una capa fresca de glaseado dulce! —dijo entre risas el tío Meriwether, inspeccionando todavía más alacenas llenas de sopa—. Me pregunto qué les habrá pasado... ¡Seguro que vuestro padre y la tía Summer se han escondido para comérselas en secreto, los muy granujas!

—¡No están comiendo tarta! —le gritó Luna—. ¡Han desaparecido! ¡El abuelo los ha convertido en un cuadro y en un libro, y han desaparecido!

—No temas, florecilla —la consoló Skeleton Keys—. No voy a marcharme de aquí hasta solucionar tu dilema peculiarmente desconcertante. Puedes confiar en que el viejo señor Keys lo solucionará todo.

—Pero ¿podemos confiar en ti? —le espetó la madre de los niños—. No has sido capaz de salvar a mi marido... ¿Qué pasa si no puedes solucionarlo todo?

—Bueno, ¡es que yo me dedico a solucionarlo todo! Salvo por esa vez que... dos veces, si contamos el incidente con quien no sabéis —musitó Skeleton Keys. A continuación, se rascó el cráneo y añadió sombríamente—: Pero hoy no debo fracasar. Porque, si lo hago, continuaréis perdiendo miembros de vuestra familia. Uno por uno... hasta que ya no quede ninguno más.

CAPÍTULO NUEVE

ACUSACIONES Y TRANSFORMA-CIONES

(SE LO MERECÍA)

«Espíritus y espectros, fantasmas y apariciones
pueden asustar a una mente temblorosa.
Pero si miras con atención sin pensar en visiones,
¡encontrarás inimaginarios en vez de otra cosa!».

SK

No va a pasar —aseguró Luna, muerta de miedo. Tenía los ojos oscuros y cansados muy abiertos. Miró a su madre, a Sonny y al tío Meriwether por turnos—. El abuelo no va a dejar de atormentarnos hasta que desaparezcáis todos.

—Repámpanos —aulló Skeleton Keys—. Está claro que hay una explicación mucho más simple, o tal vez infinitamente más complicada. Dado que aún no os habéis encontrado con un inimaginario, podría ser que sea capaz de hacerse invisible, al igual que Daisy.

—Más le vale que no —respondió esta,

desapareciendo y reapareciendo en un instante—. Volverme invisible es cosa mía.

—Ya que estamos hablando de inimaginarios —intervino la madre de los niños, observando a Skeleton Keys—, todas estas cosas extrañas comenzaron a pasar en cuanto tú apareciste en nuestra casa... sin invitación, he de añadir. ¿Cómo sabemos que no estás jugando a algún juego cruel con nosotros?

—¿Un juego? Señora, tiene que saber que el único juego al que suelo jugar es Operación —respondió el esqueleto—. Y yo no estaría aquí si alguno de vosotros no se hubiera inimaginado al misterioso producto de una imaginación demasiado activa que está plagando ahora esta casa...

—Bueno, pues sea lo que sea lo que vas a hacer, espero que te des prisa... ¡porque me muero de hambre! —dijo entre carcajadas el tío Meriwether mientras se daba unas palmaditas en el estómago—. Necesito una tarta, ¡que si no me voy a quedar en los huesos!

—Guantes y sombreros, ¡hemos de concentrarnos en el asunto que tenemos entre las llaves! —insistió Skeleton Keys—. ¡No voy a quedarme aquí plantado y dejar caer a esta familia! Estáis todos bajo la protección de Skeleton Keys: los florecillas, su madre y el pequeñajo tío Meriwether...

—¿Pequeñajo? —resopló Daisy—. El tío caratarta es tan grande que su ombligo vuelve a casa antes de que él... llegue...

La voz de la niña se apagó mientras todos se giraban para mirar al tío Meriwether.

—Oh, no —gimoteó Luna, aterrorizada, mientras Simon Parker chillaba de forma frenética en su hombro—. Otra vez no...

—¿Qué es lo que estáis mirando todos? —preguntó el tío Meriwether con una risita nerviosa—. ¿Tengo...? ¿Tengo trozos de tarta en la barba?

—Tío Meriwether, ¿adónde vas? —aulló Sonny.

El tío Meriwether bajó la mirada hasta el

suelo, que se encontraba de repente mucho más cerca que antes. Entonces vio sus pies en lugar de su enorme barriga, que se estaba volviendo más pequeña con cada segundo que pasaba. Echó un vistazo a sus manos y se dio cuenta de que sus dedos eran de repente tan delgados como lápices.

El tío Meriwether se estaba encogiendo en todas las direcciones. Se estaba volviendo más bajo... más delgado... más pequeño. Sus brazos y sus piernas se introdujeron dentro de su cuerpo y, en cuestión de unos pocos segundos, ya era tan pequeño que tenía que levantar la mirada para ver a Sonny.

—¿Qué... qué me está pasando? —chilló con voz débil y aguda.

—¡Tío Meriwether! —gritó la madre de los niños, pero ya era demasiado tarde.

El hombre seguía encogiéndose y cambiando, hasta que al fin...

—¡No os comáis toda la tartaaa...! —gritó, y su transformación quedó completa.

El tío Meriwether se había convertido en una lata de sopa.

Hubo un largo momento de silencio, interrumpido solo por los chillidos nerviosos de la rata de Luna desde su hombro.

—Repámpanos —dijo Skeleton Keys, cogiendo la lata del suelo—. Esto sí que es dar la lata...

—*Se lo merecía...* —afirmó esa voz.

—No, ¡otra vez no! —gritó Luna, dando vueltas por la cocina—. Abuelo, ¡para! Por favor, ¡tienes que parar!

—¿Luna...? ¿Qué pasa? —preguntó su madre.

—¿No lo habéis oído? ¡Tenéis que haberlo oído! —insistió la muchacha—. Abuelo, ¡no te los lleves, por favor!

—Luna, todo... todo va a salir bien —le aseguró su madre, pero, por una vez, no sonaba convencida—. Es-estoy segura de que hay una explicación perfectamente razonable y razonablemente perfecta para...

—¡No la hay! —gritó Luna—. ¿Por qué no me creéis? ¡Es el abuelo! Os lo pasasteis tan bien en su funeral, con tantas risas, tantas canciones y tantos bailes, y esta... ¡Esta es su venganza! No se va a detener hasta que se haya vengado de todos vosotros. No a menos que yo lo detenga...

La muchacha echó a correr hacia la puerta con tanta ferocidad que Simon Parker se le cayó del hombro a la mesa.

—¡Luna, espera! —gritó su madre.

Pero ya era demasiado tarde... Su hija había desaparecido.

Hola otra vez, mequetrefes! Siento irrumpir como un mono con una trompeta, pero tan solo quería asegurarme de que no estéis demasiado aterrorizados por la historia que acabé titulando *Los fantasmas de Luna Moon*. Por supuesto, unos cuantos escalofríos y dientes castañeteando son muy buenos para la salud, pero no me gustaría que ninguno de vosotros acabara mojando la ropa interior. Ver a alguien transformándose en una lata puede hacer temblar hasta a la persona más sensata. Menos mal que ese hermoso esqueleto con llaves en las manos está cerca para solucionarlo todo. Estoy seguro de que estaréis de acuerdo en que es todo un galán heroico y va muy bien vestido…

En cualquier caso, vamos por la mitad de nuestra terrorífica historia y, si no me falla la memoria, las cosas están a punto de dar un giro todavía más inquietante. Luna Moon está convencida de que el fantasma de su abuelo los está atormentando, decidido a vengarse de forma terrible de su familia por celebrar su muerte con tanta alegría. La tía de Luna ha sido transformada en un retrato... Su padre, en un libro... Y, hace tan solo un momento, ¡el tío Meriwether acaba de transformarse en una lata de sopa!

Ahora Luna ha huido hacia la oscuridad, poseída por un único pensamiento: tiene que convencer al fantasma de su abuelo para que deje en paz a su familia.

Pero el viejo señor Keys está aquí para contaros lo que le dije a esa joven florecilla: los fantasmas no existen. La próxima vez que escuchéis la historia de algún espectro, espíritu, monstruo, hombre lobo, vampiro u hombre del saco, os mostraré la imaginación demasiado activa que lo inició todo. Las criaturas de otro mundo... Las cosas que te asustan en la oscuridad, ya sean sobrenaturales o simplemente antinaturales... Todo lo inimaginable es inimaginario. ¡Y no voy a permitir lo contrario!

¿Por dónde iba...? ¡Ah, sí! El misterio de los fantasmas de Luna Moon está a punto de desvelarse. Esta historia tiene secretos todavía por descubrir y, como un pez con un bigote falso, las cosas podrían no ser lo que parecen. Lo que imaginamos como real podría no ser más que el producto de una imaginación desbocada. Y, lo que imaginamos que es un producto de la imaginación bien podría ser ciertamente real...

Y es que, como creo que ya he mencionado, pueden ocurrir cosas extrañas cuando la imaginación se desboca...

CAPÍTULO DIEZ

UN CABALLERO PARA EL RECUERDO

(CUANDO ATACA LA ARMADURA)

«¡La pluma escribe más que la espada!».

SK

L una! ¡Regresa aquí! —gritó su madre.
Sonny también la llamó, y hasta Simon
Parker soltó un chillido nervioso mientras Luna
salía corriendo de la cocina.

—Ma-mamá, yo no quiero que me conviertan
en sopa —sollozó Sonny, acunando a la rata de
Luna mientras se hacía un ovillo en el suelo
de la cocina.

Su madre lo rodeó con los brazos y lo abrazó
con fuerza.

—No te van a convertir en sopa, girasol.
Vamos... vamos a estar bien —le dijo, aunque
sonaba menos segura con cada segundo que

transcurría. Se giró hacia Skeleton Keys—. Señor Keys, has jurado que mi familia era tu máxima prioridad. Así que, por favor, tráeme de vuelta a mi hija. Y después cierra la puerta para que no entre el frío.

—Señora, no te voy a fallar. Quédate aquí con el muchacho hasta que yo regrese —dijo Skeleton Keys, colocando la lata de sopa que había sido el tío Meriwether sobre la mesa, junto al libro y al retrato—. ¡Vamos, Daisy!

—Pero... Uf, está bien —gruñó la niña, siguiendo al esqueleto fuera de la cocina.

La madre de Luna cerró la puerta tras ellos y se apiñó junto a la mesa con Sonny y Simon Parker mientras Skeleton Keys y Daisy caminaban por el pasillo. Salieron al gran vestíbulo y se encontraron con Luna, que iba hacia la puerta de entrada.

—Luna, ¡espera! —gritó Skeleton Keys, persiguiéndola por el vestíbulo.

—¿Es que no sabes lo difícil que es perseguir a alguien cuando tienes la cabeza del revés? —se quejó Daisy mientras iba detrás de ellos—. ¡Me caes fatal, caratriste!

—¡Dejadme en paz! —chilló Luna.

Tenía que encontrar la forma de evitar que su abuelo siguiera castigando a nadie más de su familia. Y, dado que toda aquella locura había comenzado cuando su familia empezó a bailar sobre su tumba, era allí donde iba a ir Luna, a rogarle misericordia al anciano. Si iba a escuchar sus súplicas en alguna parte, tenía que ser en...

—¡Uf! —La cadena de pensamientos de la muchacha se detuvo de forma abrupta cuando sus pies se levantaron del suelo. Cayó con fuerza sobre la superficie dura e implacable—. ¡Aaaaah!

Rodó sobre su espalda y levantó la mirada. Sus ojos se encontraron con una armadura medieval que aferraba una espada. Ni siquiera se había fijado en ella al pasar corriendo, pero al alzar la vista comprobó que tenía la pierna derecha estirada, como si hubiera dado un paso hacia delante.

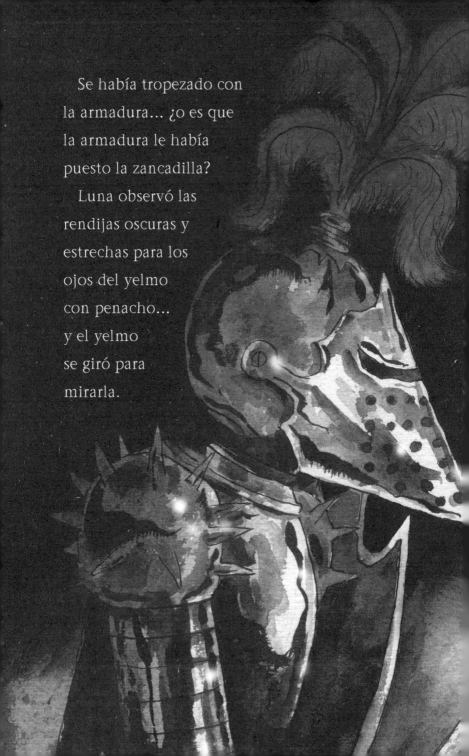

Se había tropezado con
la armadura... ¿o es que
la armadura le había
puesto la zancadilla?

Luna observó las
rendijas oscuras y
estrechas para los
ojos del yelmo
con penacho...
y el yelmo
se giró para
mirarla.

¡Se había movido!

—¡Aaaaah! —gritó Luna, sin aire.

Se produjo un ruido de metal contra metal mientras la armadura daba un paso hacia delante, chirriando. Después dio otro paso, y otro más. Luna retrocedió a rastras por el suelo mientras la armadura, con un chirrido oxidado, avanzaba hacia ella.

No tuvo tiempo para ponerse en pie antes
de que la sombra oscura cayera sobre la niña.
Contuvo la respiración mientras la armadura se
alzaba sobre ella... y, entonces, se dio la vuelta.

El aliento de Luna salía en silencio por su
boca mientras observaba como la armadura se
giraba por completo para mirar a Skeleton Keys.
Levantó los brazos de hierro y, con la espada
por encima de la cabeza, avanzó hacia ellos con
unos pasos que hacían temblar el suelo.

«No viene detrás de mí», pensó Luna. «Va
detrás de ellos».

—¡Cuidado! —gritó.

—No te preocupes, florecilla, ¡he jurado
protegerte! —afirmó Skeleton Keys mientras
la armadura iba tras ellos—. Te juro por mis
huesos que voy a ser tu caballero de reluciente
arma... ¡AAAAH!

Skeleton Keys se agachó cuando la armadura
hizo girar la espada. Su hoja le raspó un
milímetro de hueso del cráneo antes de
hundirse en los tablones del suelo con un...

¡PUUUM!

Daisy se volvió invisible de inmediato.

—Daisy, ¡vuelve aquí ahora mismo! ¡Este papanatas descontrolado quiere cortarme en pedazos! —gritó Skeleton Keys, que se deslizó entre las piernas de hierro de la armadura y volvió a ponerse en pie. Con una mano, el esqueleto sujetó el guantelete que aferraba la espada y, con la otra, se aferró al penacho que tenía en el yelmo—. Luna, ¡corre! —gritó mientras la armadura se retorcía de atrás hacia delante, tratando de sacudírselo de encima.

La armadura agitó la espada otra vez, llevándose a Skeleton Keys con ella. El esqueleto salió volando por el aire, sin poder hacer nada y pasó por encima de la cabeza de Luna antes de caer al suelo con un estrépito de huesos.

—¡Skeleton! ¡Señor Keys! —gritó Luna mientras corría hacia el esqueleto.

Lo zarandeó con cuidado por el hombro, pero el esqueleto únicamente traqueteó sin fuerzas. Luna miró hacia atrás. La armadura estaba avanzando hacia ellos con unas pesadas zancadas metálicas y la espada en alto.

Luna cerró los ojos y deseó que sucediera un milagro.

En lugar de eso, apareció una niña con la cabeza del revés.

CAPÍTULO ONCE

ESCOGE UNA LLAVE, CUALQUIER LLAVE

(DAISY AL RESCATE, OTRA VEZ)

«Es muy bonito tener un amigo.
Pero es útil tener a Daisy».

SK

E h, saco de óxido! ¡Ven aquí! —gritó una voz. Mientras la armadura se giraba, Daisy se materializó en el extremo más alejado del pasillo—. He visto espadas más grandes en una juguetería... ¡Eso no sirve ni para untar la mantequilla!

La armadura recorrió el pasillo pisando fuerte en dirección a Daisy, agitando la espada de forma salvaje. Sin embargo, en cuanto estuvo a punto de atacar, una sonrisa torcida se extendió por el rostro de la muchacha.

—Ahora me ves... y ahora no —dijo antes de desvanecerse en el aire.

Luna pasó la mano por encima de Skeleton Keys, se agarró al pomo de la puerta de entrada y se puso en pie. Con un ojo en la armadura que se movía con ruidos metálicos en busca de Daisy, giró el pomo... pero la puerta no se abrió.

—¡Está cerrada con llave! —gimoteó, mirando nerviosa a su alrededor—. No, no, no...

—¿Buscas una llave? —susurró Daisy, que apareció de repente a su lado, y le tapó la boca a Luna para ahogar el grito que se le escapaba—. Por suerte para ti, siempre tengo unas cuantas llaves de repuesto por ahí. —Bajó la mano hasta el cuerpo inmóvil de Skeleton Keys y le levantó el brazo izquierdo—. Escoge una llave, cualquier llave —dijo, agarrando el pulgar del esqueleto y metiéndolo en la cerradura.

—¡Deprisa...! —susurró Luna.

Daisy chasqueó la lengua antes de darle la vuelta a la llave con un ruidoso CLIC-CLANC. El sonido retumbó por todo el vestíbulo... y la armadura se dio la vuelta para mirarlas.

—Uy —añadió Daisy con una sonrisita.

—¿Questapasaandoooo...? —masculló Skeleton Keys, aturdido, arrastrando las palabras a través de los dientes—. ¿Questaishaciendoconmisllaveees?

—En pie, cerebro de hueso, o te voy a dejar atrás —lo instó Daisy mientras la armadura comenzaba a avanzar hacia ellos. Fulminó a Luna con la mirada—. ¿Qué estás esperando, una invitación por escrito? ¡Abre la puerta!

—¡Lo siento! —Luna hizo girar el pomo y abrió la puerta. Una luz brillante y neblinosa se derramó desde el exterior, cegándola por un momento. Luna entornó los ojos, esperando a que se adaptaran mientras miraba la colina cubierta de nieve, y después el cielo azul sobre ella. De algún modo, el sol estaba brillando en el exterior, a pesar de que dentro de la casa se encontraban en mitad de la noche—. ¿Cómo...? —murmuró.

—¿A quién le importa? ¡Muévete! —le ordenó Daisy.

Empujó a Luna a la nieve y después arrastró

del brazo a Skeleton Keys hacia través de la puerta. Luna miró hacia atrás y vio que la armadura levantaba la espada una vez más. Gritó y empujó la puerta para cerrarla, pero entonces...

¡PLONC!

La espada de la armadura atravesó la gruesa madera, y la punta reluciente de la hoja se detuvo a unos centímetros de la nariz de Luna.

—¡Es hora de correr, idiotas! —gritó Daisy. No había debate posible. Mientras la armadura trataba de liberar su espada, las dos muchachas echaron a correr. Cada una de ellas tomó uno de los brazos huesudos de Skeleton Keys, y lo arrastraron juntas a través de la densa nieve que caía—. ¡Ponte en pie, saco de huesos! —insistió Daisy, dándole un codazo en un lado de la cabeza—. A menos que quieras que Don Espadote de la Revancha te convierta en minúsculos pedacitos de hueso.

—¿Cuánto... ay... cuánto tiempo he

estado inconsciente? —gruñó Skeleton Keys,
recuperándose—. ¿Qué está pasando?

—Estamos metidos en un lío terrible y hemos
tenido que salir corriendo para salvar nuestras
vidas —respondió Daisy mientras Skeleton Keys
se ponía en pie—. Vamos, lo mismo de siempre.

Aumentaron la velocidad. A Luna se le
escapaba el aliento por la boca en unas
nubecillas insistentes. Se preguntó hasta dónde
sería capaz de correr. Los terrenos de la Mansión
Macilenta se extendían en todas las direcciones,
y el bosque de árboles muertos que tenían por
delante no era gran cosa como escondite.

Entonces, cuando los músculos de las piernas
ya comenzaban a quemarles a causa del
esfuerzo, se atrevió a mirar hacia atrás, a la casa,

y vio a la armadura sacando la espada de la puerta.

—¡Ya viene! —gritó la muchacha mientras la armadura comenzaba a avanzar incansable tras ellos, con la espada en alto y preparada para el ataque.

—Entonces será mejor que encontremos un lugar donde escondernos, tristorrona —dijo Daisy—, porque ese monstruo medieval no va a parar hasta que estemos todos más muertos que el viejo de tu abuelo.

—Espera, ¡la capilla! ¡Ahí es adonde iba a ir! —dijo Luna. Señaló hacia la izquierda, a una colina escarpada que conducía hasta la pequeña capilla de piedra, con su capitel puntiagudo—.

¡Podríamos escondernos en su interior!

—Es una perspectiva mucho mejor que tratar de dejar atrás a esa monstruosidad de metal —puntualizó Skeleton Keys—. Llévanos hasta allí, florecilla... ¡Se nos está acabando el tiempo!

CAPÍTULO DOCE

LA LLAVE DE LA REALIDAD

(CARRERA HASTA LA CAPILLA)

AQUÍ ☠ YACE
EL VIEJO
SEÑOR
MOON.
MARCHAOS
Y DEJADME
EN PAZ

De *Los importantes pensamientos del señor S. Keys*
Volumen 3: La Llave de la Realidad

Realidades que hay que evitar:
El mundo para acabar con todos los mundos
El mundo donde los erizos son malvados
atrás hacia va que mundo El
El mundo donde todo ocurre dos veces
El mundo donde todo ocurre dos veces

M ás rápido! ¡No sea que remolonear nos
cueste la vida! —gritó Skeleton Keys
mientras el trío corría a través de la nieve, que
le congelaba los calcetines, y pasaba junto a los
árboles oscuros y retorcidos, subiendo la colina
en dirección a la capilla.

Mientras corría, la mente de Luna iba más
rápido que sus piernas. Las últimas horas le
habían parecido un sueño extraño, pero seguía
teniendo un pensamiento claro: su abuelo no se
iba a detener hasta que ella se lo impidiera.

La armadura había acortado distancia
rápidamente con ellos. Cuando llegaron al

cementerio, vieron que en él había una única
lápida, en la que ponía:

AQUÍ YACE EL VIEJO
SEÑOR MOON.
MARCHAOS Y DEJADME
EN PAZ

«Volveré, abuelo...», pensó Luna mientras
pasaba junto a ella. «Tenemos que hablar».

Se atrevió a mirar hacia atrás una última vez.
La armadura se encontraba ahora a solo unos
pocos pasos de distancia.

—No te preocupes: tengo una llave para
cualquier ocasión —le aseguró Skeleton Keys
mientras se apoyaba contra la puerta de la
capilla. Se tomó un momento en inspeccionarse
los dedos, por turnos—. Pero ¿cuál de ellas
debería escoger? ¿La Llave de la Posibilidad?
No, demasiado impredecible... ¿La Llave del
Olvido? Pan con mantequilla, después de la
última vez no...

—¡Elige una ya, saco de huesos! —le espetó Daisy.

—¡Ajá! ¡La Llave de la Realidad! Esta es una llave alucinante: abre una puerta a cualquiera de las infinitas realidades alternativas que existen. Mundos como este mismo... ¡pero impresionantemente diferentes! El mundo donde nunca deja de llover... El mundo donde todo el mundo habla del revés... El mundo donde nadie tiene dientes... El mundo donde...

—¡Hazlo ya! —gruñó Daisy volviéndose invisible mientras la armadura se cernía sobre ellos.

Skeleton Keys se apresuró a introducir un dedo en la cerradura de la puerta e hizo girar la llave con un CLIC-CLANC. Después, cuando la armadura estaba a punto de golpear, el esqueleto abrió la puerta de la capilla.

—¡AAAAH!

Un tentáculo salió disparado de la puerta y Skeleton Keys se agachó de inmediato. Era tan

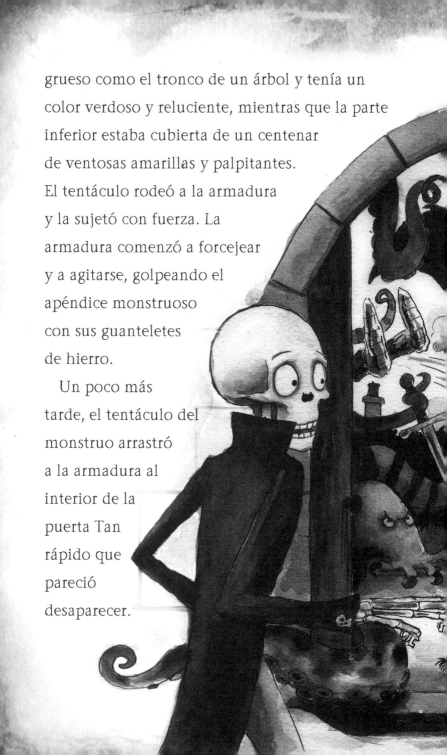

grueso como el tronco de un árbol y tenía un
color verdoso y reluciente, mientras que la parte
inferior estaba cubierta de un centenar
de ventosas amarillas y palpitantes.
El tentáculo rodeó a la armadura
y la sujetó con fuerza. La
armadura comenzó a forcejear
y a agitarse, golpeando el
apéndice monstruoso
con sus guanteletes
de hierro.

Un poco más
tarde, el tentáculo del
monstruo arrastró
a la armadura al
interior de la
puerta Tan
rápido que
pareció
desaparecer.

—Perfecto —dijo el esqueleto—. El mundo
donde absolutamente todo es un monstruo.

Luna se atrevió a mirar por la puerta
y vio que el tentáculo pertenecía a
un monstruo ovalado de escamas
verdes, tan grande como un
autobús de dos pisos y con
muchos más miembros
gigantescos de los que
sabría qué hacer con ellos.

El monstruo retrocedió
por una calle llena de
árboles a ambos lados,
con casas y coches...
y completamente
rebosante de
monstruos. Por
dondequiera
que mirara
Luna, había

criaturas enormes y horribles. Tras un instante, se dio cuenta de que hasta las casas, los coches y los árboles eran monstruos. Las casas se arrastraban sobre patas terminadas en garras... Los coches gruñían, mostrando grandes hileras de dientes afilados tras los capós... Los árboles deambulaban pesadamente, siseando y escupiendo mientras sus ramas lanzaban zarpazos al aire.

—Todo en ese mundo son monstruos... —susurró Luna.

—Absolutamente todo —respondió Skeleton Keys.

—Parece divertido —añadió Daisy, reapareciendo para mirar por la puerta—. Vamos a entrar a liarla parda.

—Ni de broma... Tú ya la lías lo suficiente en esta realidad —respondió Skeleton Keys, cerrando la puerta de golpe. Con otro CLIC-CLANC en la cerradura, la puerta volvió a ser de nuevo nada más que una puerta—. Y, ahora, tenemos que llevar a Luna con su madre lo antes posible, y evitar... Repámpanos, ¡acabo de darme cuenta de que hace sol! ¿He estado inconsciente un día entero?

—No es culpa mía —aseguró Daisy—. Ha sido cosa de tu pulgar.

—¿Mi pulgar? ¿Qué pulgar? —preguntó el esqueleto, levantando el pulgar izquierdo en el aire—. ¿No sería este pulgar?

—Deja de decir «pulgar» —gruñó Daisy—. Pero, sí, supongo que podría haber sido ese pulgar.

—¡Queso con galletas! —dijo Skeleton Keys, examinando su dedo con la cabeza inclinada—. Esta es la Llave del Tiempo.

—¿La qué? —preguntó Daisy, observando el pulgar con ojos sospechosos—. Espera un momento, me dijiste que esa era la llave de tu habitación llena de lápices viejos.

—Ah, sí —contestó Skeleton Keys, rascándose la parte posterior del cráneo tímidamente—. Lo cierto es que no tengo ninguna habitación llena de lápices viejos... aunque la verdad es

que me encantaría tener una. Simplemente te
lo dije porque, si supieras qué guarda la Llave
del Tiempo, casi seguro que me habrías dado un
golpe en la cabeza y me la habrías robado para
algún plan desagradable y egoísta.

—Y, cuando acabemos con esto, eso es
exactamente lo que voy a hacer —se burló
Daisy mientras Luna miraba más allá de la
colina, hacia la casa.

La luz del sol había comenzado a desvanecerse
con lentitud, proyectando un resplandor rojizo
sobre la nieve resplandeciente. Se fijó en una
silueta que ascendía la colina con mucha calma,
hacia ellos. ¿Sería su madre? ¿Sonny?

Luna entornó los ojos bajo la luz menguante
mientras la figura se acercaba. Era una chica
de aspecto pálido de unos nueve años, vestida
de negro de la cabeza a los pies, pero con una
media melena de pelo completamente blanco.
Y, sobre su hombro, había una rata igualmente
blanca.

Luna se quedó boquiabierta.

—¿Esa soy...? —comenzó a decir, señalando con un dedo tembloroso—. ¿Esa soy yo?

Skeleton Keys estiró el cuerpo entero para mirar hacia la colina y se colocó una mano huesuda por encima de las cuencas de los ojos.

—Sin duda eres tú —respondió—. Pero es la tú que fue... Una tú anterior... La Luna Moon que tú ya has sido.

—¿Qué quieres decir? —preguntó Luna.

—Quiero decir que ya no estamos cuando estábamos —respondió Skeleton Keys—. Hemos viajado al pasado.

CAPÍTULO TRECE

VOLVIENDO EN EL TIEMPO

(LA TUMBA DEL VIEJO)

De *Los importantes pensamientos del señor S. Keys*
Volumen 1: La llave del tiempo

Hay un truco para manejar el tiempo.
Escucha esta rima para hacerlo con tiento.
Girad esta llave, pero tened mucho cuidado.
Si no, ¡la historia habrás fastidiado!

Hemos viajado al pasado? —gruñó Daisy
mientras observaba la versión antigua de
Luna abriéndose paso a través de la nieve, en
dirección a la capilla—. Uf, ¿eso significa que
voy a tener que rescataros de nuevo como si
fuerais dos bebés?

—La Llave del Tiempo abre una puerta
al pasado... Cuando Daisy utilizó la llave
para escapar de la casa, debió de habernos
transportado en el tiempo —explicó Skeleton
Keys—. Pero no podemos arriesgarnos a que
Luna conozca a la Luna del pasado... Podría
provocar una catástrofe cósmica absoluta,

desgarrando el mismísimo tejido del espacio-tiempo, ¡y eso supondría el fin del universo tal y como lo conocemos! O eso me han contado.

—¿El fin del universo? —repitió Daisy—. Eso sí que me gustaría verlo.

—No tenemos tiempo que perder, valga la redundancia —continuó Skeleton Keys—. ¡Vamos a la capilla, mequetrefes!

Los tres se apresuraron a entrar. Admirar el pequeño recinto de piedra, con sus hileras de incómodos bancos de madera, llevó a Luna de inmediato a unas horas antes, cuando había asistido al funeral de su abuelo. Tal como había predicho el viejo señor Moon, nadie acudió a presentarle sus respetos. El hombre había sido tan odiado en la muerte como en la vida. Nadie derramó ni una sola lágrima.

Luna miró por la ventana que estaba a la izquierda de la puerta de la capilla, mientras Skeleton Keys miraba por encima de su hombro. Daisy, que era demasiado bajita como para

asomar la cabeza a la la ventana, se quedó
sentada en un banco, gruñendo.

—Realmente soy yo... o sea, era yo —dijo
Luna, observando a su yo del pasado
deteniéndose junto a la tumba de su abuelo

y desplomándose de rodillas sobre la nieve—. Ocurrió hace unas pocas horas. Volví a la tumba para despedirme. No quería estar sola...

Skeleton Keys se alejó de la ventana; se sentía extrañamente culpable al presenciar el momento de duelo de Luna.

—Pobre florecilla —le susurró Skeleton Keys a Daisy—. Puede que el viejo señor Moon fuera peor que un escarabajo negro, pero seguía siendo su abuelo. Tenía que sentirse terriblemente... Espera, ¿ha dicho «sola»? —preguntó Skeleton Keys, girando sobre sus talones para mirar a Luna—. Siento entrometerme en un momento tan doloroso, pero ¿por qué ibas a estar sola? —le preguntó—. ¿Qué pasa con el resto de tu familia? ¿Dónde se han...? ¡Uf!

—¿Y ahora qué pasa? —preguntó Daisy con impaciencia.

—¡Es el temblor! —respondió Skeleton Keys, mientras la sensación hacía traquetear de repente todos los huesos de su cuerpo—. ¡Y este es uno de los gordos! No he sentido un temblor tan molesto y picajoso desde... bueno, desde esta tarde, cuando me trajo hasta la Mansión Macilenta...

Mientras Skeleton Keys trataba de poner su temblor bajo control, miró por la ventana otra vez y comprobó que el aire junto al yo pasado de Luna se volvía neblinoso a causa de una luz resplandeciente.

—Recuerdo... que estaba pensando en la familia —dijo la muchacha mientras miraba por la ventana de la capilla, observando cómo se repetía su propio pasado—. Es-estaba imaginando...

Y, entonces, apareció de la nada una mujer vestida por completo de blanco, con pelo rubio, piel bronceada y ojos amables.

Era su madre.

Un instante más tarde se materializó otra figura: un hombre, vestido con un jersey blanco y pantalones, de hombros anchos y un corte de pelo llamativo.

Su padre.

A continuación, la tía Summer surgió de la nada, seguida muy de cerca por el tío Meriwether... y, finalmente, el pequeño Sonny.

—Rayos y centellas, ¡no puede ser! —exclamó Skeleton Keys con voz ahogada, mientras su temblor amenazaba con dejarlo hecho pedazos—. Luna Moon, ¡toda tu familia es inimaginaria!

CAPÍTULO CATORCE

LA FAMILIA
INIMAGINARIA
DE LUNA

(DE VUELTA AL PRESENTE)

De *Los importantes pensamientos del señor S. Keys*
Volumen 1: La llave del tiempo

La Primera Regla del Viaje en el Tiempo
(incorpora las reglas del Viaje en el Tiempo
de la dos a la once)

JAMÁS TE ENCUENTRES CON TU PROPIO PASADO

L o sabía! —exclamó Daisy, pasando junto a Luna de un empujón. Comenzó a dar saltitos para mirar por la ventana y vio a la Luna del pasado ahogando un grito y dando una vuelta para observar a los nuevos AI recién imaginados que la rodeaban—. ¡Por eso no encontré más camas en esa casa horrible! Esta mentirosilla ni siquiera tiene familia… ¡Se los ha inimaginado!

—¡Yo no soy una mentirosa! —explotó Luna—. Me preguntasteis si tenía amigos imaginarios, ¡no una familia imaginaria!

—Rayos y centellas, ¡una familia entera

de inimaginarios! —exclamó Skeleton Keys, ensimismado—. La madre, el padre, la tía, el tío y un hermano pequeño... ¡todos salidos de tu imaginación y tan reales como sombreros! Sabía que había algún inimaginario en la Mansión Macilenta... Pero ¿cinco, y todos inimaginados al mismo tiempo? No me extraña que el temblor me dejara hecho polvo.

—Entonces, a ver si lo entiendo —intervino Daisy, observando a Luna con recelo—. Antes de esta tarde, antes de que te imaginaras a una madre, a un padre, al enano fastidioso ese y a los demás, ¿tan solo estabais tú y el viejo, paseando por esa casa vieja y asquerosa?

—Me crio el abuelo —confesó Luna, mirando por la ventana mientras su yo del pasado abrazaba a cada miembro de su «familia» por turnos—. Pero nunca fue agradable conmigo, así que me imaginaba a gente que sí lo era. Me imaginé una familia. Eran agradables, cariñosos y atentos, y nunca me decían que me marchara ni que me fuera ni que les dejara en paz... Ah, y odiaban al abuelo. Pero no eran reales. No hasta que...

—No hasta que te los inimaginaste esta tarde, después del funeral de tu abuelo —añadió Skeleton Keys en voz baja—. Pobre florecilla... tienes que haberte sentido terriblemente sola.

—Se te olvida lo importante, saco de huesos —gruñó Daisy, enfrentándose a Luna—. ¿Por qué esta llorica caratriste no nos dijo que toda su familia era un producto de su imaginación? ¿Por qué ellos no nos dijeron nada? Qué forma de perder el tiempo con ese hatajo de...

—¡Ellos no lo sabían! —protestó Luna de forma abrupta—. O sea, no creo que supieran que me los había imaginado...

—Ah, sí, la transición de imaginario a inimaginario puede ser sin duda un asunto confusionante... Un AI recién inimaginado bien podría imaginarse que siempre ha sido real —explicó Skeleton Keys.

—Iba a decírselo, pero tampoco quería que pensaran que no eran mi verdadera familia

—dijo Luna, volviendo a mirar por la ventana a su propio pasado—. Quería que fuera real.

—Real por ahora, querrás decir —resopló Daisy—. La mayoría no van a sobrevivir siquiera a esta noche...

—¡Daisy! —la recriminó Skeleton Keys.

—Espera, eso es... ¡Eso es! —dijo Luna—. Papá, la tía Summer, el tío Meriwether... Puedo cambiar las cosas. ¡Puedo impedir que bailen sobre la tumba del abuelo! Y, entonces, ¡el abuelo no volverá para atormentarnos!

—Pero ¿es que no te das cuenta, florecilla? Esto demuestra que no hay ningún fantasma —aseguró Skeleton Keys—. Gracias a tu imaginación desbocada, ahora la Mansión Macilenta está rebosante de inimaginarios. ¡Uno de ellos debe de ser responsable de todo esto! Alguien te está gastando una broma malvada y retorcida...

—¡No! ¡No, es el abuelo! —gritó la muchacha, echando a correr hacia la puerta de la capilla—. Puedo detenerlo... ¡Puedo impedir que ocurra!

—¡Espera! —ordenó Skeleton Keys, poniéndose de un salto frente a la puerta y estirando los brazos—. Luna, ¡no debes encontrarte con tu yo del pasado! Es la primera regla del viaje del tiempo: ¡jamás te encuentres con tu propio pasado! Y también son las reglas de la dos a la once, por cierto. ¡No estoy cualificado para volver a arreglar un universo destrozado!

—¡Déjame salir! —exclamó Luna—. ¡Te equivocas! ¡El abuelo ha regresado!

—Luna, lo siento mucho... pero no puedo hacerlo —replicó Skeleton Keys.

A continuación, introdujo la Llave del Tiempo en la cerradura y la hizo girar.

CLIC.
CLANC.

—¡No! —chilló la muchacha.

Empujó a Skeleton Keys a un lado y abrió la puerta. La familia de Luna y su yo del pasado se habían desvanecido. En su lugar, contempló un cielo nocturno lleno de estrellas y nieve.

Con un giro de la llave, el esqueleto los había hecho regresar al presente.

—¿Por qué has hecho eso? —le espetó Luna, corriendo hacia el aire punzante de fuera. Atravesó la nieve en dirección a la tumba—. ¡Podría haberlos salvado!

Skeleton Keys la siguió hacia la oscuridad del exterior.

—Luna, tu abuelo no es responsable de lo que está pasando —dijo—. Tu abuelo está...

—¡No lo digas! ¡No digas que está muerto!

—gritó la muchacha—. ¡No puede ser! No puede
haberse ido…

—Pero ¿a ti qué te importa que el viejo se
haya muerto? —le reprochó Daisy—. Pensaba
que lo odiabas.

—¡Era lo único que tenía! —gritó Luna, y
volvió a desplomarse sobre sus rodillas.

Lo comprendió con una fría oleada de tristeza:
a pesar de la falta de amabilidad del anciano, a
pesar de todas las cosas malas que decía o hacía,
él la había criado y la había mantenido a salvo.
Él era su familia… y ella era la suya. Habría
hecho cualquier cosa para recuperarlo.

—De verdad que lo siento, florecilla —dijo
Skeleton Keys con suavidad.

Luna levantó la mirada hasta el cielo nocturno.

—El abuelo me trajo aquí, solo en una ocasión
—les contó—. Fue la única vez que lo vi salir
de la casa. Esperó a la noche más fría del año.
Me llevó a través de la nieve hasta la cima de
la colina y señaló las estrellas. Me dijo: «No
me gustan las estrellas. Todo el mundo piensa

que son especiales, pero hay estrellas por todas partes. Hay más estrellas en el universo que motas de polvo». Y, entonces, señaló a la luna y dijo: «Pero tú eres la luna. Solo hay una como tú». —Luna sorbió por la nariz y continuó mirando el cielo—. Él era todo lo que yo tenía... pero yo también era todo lo que tenía él.

Y, entonces, al fin, las lágrimas comenzaron a caer por sus mejillas. En unos segundos ya estaba llorando de forma incontrolable. Continuó llorando por su abuelo hasta que se quedó agotada, rociando la nieve recién caída de lágrimas cálidas. Continuó sollozando hasta que ya no le salían más lágrimas.

—Llorica —murmuró Daisy por la comisura de los labios.

Skeleton Keys la hizo callar colocándole uno de los dedos terminados en llaves en la boca y se arrodilló junto a Luna.

—Puede que tu abuelo haya muerto, Luna, pero todavía tenemos la posibilidad de salvar a tu familia inimaginaria —dijo.

Luna se secó la nariz con la manga y sorbió
dos veces.

—¿Cómo? —preguntó.

—¡Me alegra que me lo preguntes!
—respondió el esqueleto, pero entonces se rascó
la cabeza—. No tengo ni la menor idea.

—¿Estás seguro de que llevas doscientos años
haciendo esto, cabeza de hueso? —se quejó

Daisy—. Hay que enfrentarse a los hechos: tan solo quedan dos sospechosos. La madre de Luna y el otro llorica.

—¿Sospechosos? —repitió Luna—. Pero ninguno de los dos habría... ¡Ninguno de los dos podría haber hecho esto!

—¿Cómo lo sabes? —preguntó Daisy, encogiéndose de hombros.

—¡Porque son mi familia! —replicó Luna—. ¡Y yo los he imaginado!

—Un pajarito de lo más listillo me dijo una vez que, en cuanto eliminas lo imposible, lo que queda debe de ser la verdad, por muy inimaginable que parezca —afirmó Skeleton Keys—. Aunque también me confesó que los caballos no pueden estornudar, lo cual no es más que un montón de...

—¡AYUDA!

El grito llegó desde la casa hasta la cima de la colina.

—¿Sonny? —preguntó Luna con voz ahogada, poniéndose en pie—. ¡Ese es Sonny!

—Rayos y centellas, ¡el pequeño florecilla tiene problemas! —gritó Skeleton Keys—. Tenemos que volver a la Mansión Macilenta, mequetrefes, ¡no sea que lleguemos demasiado tarde!

CAPÍTULO QUINCE

LA BÚSQUEDA DE SONNY

(REGRESO A LA MANSIÓN MACILENTA)

De *Los importantes pensamientos del señor S. Keys*
n.º 48: Viaje al centro de la mitad

¡Todas las puertas están hechas para abrirse!
Salvo las que están mejor cerradas.

¡AYUDA!

Los gritos de pánico de Sonny crecieron mientras Luna y Skeleton Keys corrían a través de la noche hacia la Mansión Macilenta, con Daisy detrás de ellos.

—Ojalá alguien le cerrara la boca —murmuró Daisy, cuyos extraños andares hacia atrás eran todavía más extraños mientras avanzaba a través de la nieve profunda.

—¡Sonny! ¡Aguanta! —volvió a gritar Luna mientras llegaba a la puerta de entrada. Agarró el pomo, pero este no giraba—. ¡Está cerrada!

Skeleton Keys pasó un dedo con forma de

llave por el marco de la puerta y sintió unos cristales de hielo que crujían bajo su tacto.

—Rayos y centellas, esta puerta no está cerrada... ¡está congelada!

—Parece que alguien ha dejado que entre el frío —dijo Daisy.

Skeleton Keys dio dos pasos hacia un lado y miró la pared.

—Vas a tener que intentarlo con más ahínco si quieres detener al viejo señor Keys... La Llave de las Huidas Rápidas es buena para las huidas, pero también para las entradas —dijo. Y, con eso, introdujo la llave en la pared. Hizo girar la llave con un CLIC-CLANC y una puerta apareció allí mismo—. Prepárate, florecilla... Si Sonny está en peligro, eso significa que tu madre inimaginaria tiene que ser quien está detrás de toda esta locura... tal como siempre he sospechado —añadió el esqueleto a la vez que abría la puerta y entraba por ella—. Después de todo, el temblor jamás se... ¡Ah!

—¿Qué ocurre? —preguntó Luna.

Y allí, en el centro del vestíbulo, la vio.

Su madre se encontraba en mitad del vestíbulo, tan inmóvil como una estatua, con los brazos extendidos y la cara desfigurada en una expresión de terror. Estaba reluciendo, con un blanco azulado, y la luz de la luna bailaba y centelleaba por todo su cuerpo. Luna se le acercó mientras la terrible realidad de la situación aparecía frente a ella.

Su madre se había convertido en hielo.

—Repámpanos, hemos llegado

demasiado tarde... ¡El fantasma inimaginario ha vuelto a atacar! —gritó Skeleton Keys—. ¡La trama se complica!

—¿Que se complica? La trama no podría ser más sencilla —discrepó Daisy—. Si han convertido a su madre en hielo, entonces el «fantasma inimaginario» tiene que ser ese niñato de Sonny.

—Sonny, ¡pues claro! —declaró el esqueleto—. Tal como siempre he sospe...

—¡AYUDA!

El grito de Sonny llegó desde el piso superior. Sin detenerse a pensar, Luna echó a correr por el amplio vestíbulo y subió las escaleras.

—¡Espera! ¡Podría ser una trampa! ¡Un complot! ¡Una taimada triquiñuela! —gritó Skeleton Keys tras ella, pero Luna no se detuvo.

La muchacha corrió a toda velocidad hasta la parte superior de las escaleras y dobló la esquina. Siguió los gritos de Sonny a través del rellano negro como la noche y dobló otra esquina antes de detenerse en seco de golpe y porrazo. Un escalofrío descendió por la espalda de Luna al darse cuenta de dónde había llegado.

—El pasillorrible —dijo en voz alta.

Observó con mucho detenimiento y vio las miradas fulminantes y sentenciosas de los retratos de su abuelo.

—¡AYUDA!

El grito provenía del interior de la habitación de su abuelo.

—¡Sonny! ¡Ya voy! —gritó Luna.

Pero, antes de que pudiera dar un paso más, un par de brazos salieron del retrato más cercano y trataron de atraparla. Luna soltó un aullido, aturdida. Mientras se liberaba, vio que el retrato de su abuelo comenzaba a arrastrarse fuera del marco. Y aquel extraño fantasma pintado no estaba solo. Más fantasmas cobraron vida, saliendo de sus cuadros y lanzando zarpazos al aire, creando un ejército de abuelos fantasmales.

—No sois mi abuelo... ¡Ninguno de vosotros lo sois! Se ha muerto. ¡El abuelo se ha muerto!

—dijo Luna. Cerró los puños y apretó los dientes—. ¡Ya voy, Sonny!

Con los latidos de su corazón martilleando en sus oídos, Luna bajó la cabeza, cerró los ojos y corrió tan rápido como pudo por el pasillorrible. No dejó de correr hasta que chocó directamente contra la puerta de la habitación de su abuelo. Agarró el pomo y la abrió.

—¡Uf! —gruñó Luna al caer al suelo.

Abrió los ojos mientras la cabeza le daba vueltas. Lo primero que divisó fue a su rata, que la miraba fijamente con sus ojillos negros y brillantes, moviendo la nariz con nerviosismo.

—¿Simon... ayyy... Parker? —preguntó Luna, sonriendo con alivio. Se puso en pie mientras la rata se le subía correteando al hombro. Le acarició la cabeza, y el animal soltó un chillido de alegría—. ¿Qué ha pasado? ¿Dónde está Sonny?

Simon Parker movió los bigotes, incapaz de ayudar.

Luna miró a su alrededor. La habitación

cavernosa de su abuelo estaba tan oscura y temible como siempre, con solo unas pocas esquirlas de pálida luz de luna que se colaban por las cortinas harapientas para iluminar una cama con dosel. Luna tardó un momento en acostumbrarse a aquella oscuridad más profunda... y, entonces, lo vio.

Había algo debajo de la cama.

No, no era algo.

Era alguien.

—¿Lu-Luna? —susurró ese alguien—. Abrazo de emergencia...

—¡Sonny! —gritó la muchacha. Su hermano estaba hecho una bola y temblaba bajo la cama, y sus brillantes ojos llorosos relucían por el miedo—. ¿Te encuentras bien? ¿Qué está pasando? ¿Qué le ha pasado a mamá?

—La-la ha atrapado... ¡La ha convertido en hielo! —susurró Sonny, aterrorizado—. Y de-después vino a por mí.

—¿Quién fue? —preguntó Luna, poniéndose en pie—. ¿Quién fue a por ti?

—¡E-Él! —gimoteó el muchacho, señalando detrás de su hermana con un dedo tembloroso.

Luna miró hacia atrás. Detrás de ella, en la pared, había otro retrato de su abuelo. La miraba con el ceño fruncido, con ojos tan inquisidores como cuando estaba vivo.

—¿El abuelo? —preguntó Luna—. Pero no puede ser, Sonny... ¡el abuelo se ha muerto!

—No, el abuelo no... ¡él! —gritó Sonny.

Luna miró por encima de su otro hombro y vio a Skeleton Keys entrando por la puerta.

—¿Quién? ¿Yo? —dijo el esqueleto.

—No, ¡él! —aulló el muchacho—. ¡Él!

Luna se miró el hombro y vio a su rata, que la observaba con rostro inexpresivo.

—Vaya, qué momento tan violento —dijo la rata.

CAPÍTULO DIECISÉIS

¿CUÁNDO UNA RATA NO ES UNA RATA?

(UNA TRANSFORMACIÓN MÁS)

¡Podría haber inimaginarios escondiéndose a plena vista!
No es nada sencillo saber qué criaturas comenzaron su existencia
como un producto de la imaginación. Hace poco conocí una
charca que me prometía que no era inimaginaria.
Yo todavía tengo mis dudas...

Simon Parker había hablado!
    Luna abrió mucho los ojos y, entonces
grito:
    —¡Aaaaah!
    Gritó y dio un salto tan brusco que Simon
Parker salió volando de su hombro. La rata
aterrizó torpemente sobre una cómoda cercana.
    —¡Pues resulta que soy una rata parlanchina!
—dijo la rata, levantándose sobre las patas
traseras y limpiándose el polvo con una
pequeña patita delantera—. Iba a acabar
confesándotelo, rayito de luna, te lo pro...
    —¡Un roedor parlante! —señaló Skeleton

Keys—. Esta es la primera vez que veo algo tan alucinante... salvo por aquella ardilla gigante que me dijo que...

—Simon Parker, ¿puedes hablar? —lo interrumpió Luna, horrorizada.

—Pues claro que puedo hablar, rayito de luna... ¿Quién más podría ser la vocecilla en tu oído? —respondió Simon Parker.

—¿La vocecilla? Espera, ¿la voz que no dejaba de oír eras tú? —preguntó la muchacha.

—¿Acaso hay un lugar mejor para ser una vocecilla en tu oído que estar subido justo encima de tu hombro? —preguntó Simon Parker, haciendo un baile un tanto presumido sobre las patas traseras—. *Le está bien empleado... Así aprenderá... Se lo merecía....* —pronunció con un gruñido áspero—. ¡Puedo clavar la voz del viejo! También soy un barítono pasable de jazz, pero tampoco me gusta presumir...

—¡Repámpanos! Sin duda declaro que esta rata es inimaginaria —dijo Skeleton

Keys, sintiendo la revelación como si fuera un ladrillazo—. Tal como siempre había sospechado.

—¡Pues claro que soy inimaginario! —respondió la rata—. ¿Quién ha oído hablar de una rata que hable?

—Pues yo conocí una vez a un puercoespín particularmente poético —respondió Skeleton Keys. Hizo una reverencia y añadió—: Es todo un dudoso placer conocerte. Mi nombre es...

—Ah, ¡pero ya sé quién eres tú! —declaró la rata—. Llevo observándote desde que entraste sin invitación en la Mansión Macilenta... Tú y esa inoportuna compañera del revés tuya. Aunque es más difícil tenerla vigilada a ella que a ti, ¿verdad...?

Skeleton Keys echó un vistazo a la izquierda y descubrió un espacio vacío en el lugar donde había estado Daisy hacía solo un segundo.

—Queso con galletas, ¿adónde se ha ido ahora? Esa mequetrefa que tengo por compinche no provoca más que problemas...

—dijo. Después, se tomó un momento para recomponerse y añadió—: Mientras esperamos a que vuelva a aparecer, ¿te importaría contarme exactamente quién fue el que te inimaginó? Después de todo, fue la familia inimaginaria de Luna la que hizo que mi temblor se pusiera todo tembloroso.

—Ah, yo no soy como ellos... yo llevo mucho tiempo por aquí. Más tiempo que nadie, a excepción de ese muchacho que me imaginó en primer lugar. —Simon Parker señaló con una patita el retrato colgado en la pared—. El muchacho que se convirtió en el viejo señor Moon.

—¿El abuelo te inimaginó? —susurró Luna—. ¡Pero jamás te había mencionado siquiera! Pensaba que no eras más que una rata... Te protegí de él...

—No te sientas mal, rayito de luna. Lo cierto es que llevo toda una vida escondiéndome del viejo señor Moon —dijo Simon Parker—. ¡Pero resulta que esa situación casi se ha terminado!

Es el último acto, ¡el gran final! Y, después, todo volverá a ser como debería ser... solos tú y yo.

—¡Ha convertido a mamá en hielo! ¡Y dijo que me iba a convertir a mí en un girasol! —gimoteó Sonny, escondiéndose todavía más bajo la cama.

—¿Eso... eso es cierto? —preguntó Luna, interponiéndose entre su hermano y Simon Parker.

La rata se encogió de hombros y asintió con la cabeza.

—¡Lo hice por ti, rayito de luna! Tantas transformaciones... por no mencionar la armadura a la que le di vida. Lanzar hechizos y hacer magia, ¡eso es a lo que me dedico! Creo que voy a necesitar un hechizo de descanso después de esto...

—Todo... todo lo hiciste tú —dijo Luna, ahogando un grito y sintiendo que se le debilitaban las rodillas al comprenderlo. Se apoyó contra la cama de su abuelo para estabilizarse—. ¿Cómo? ¿Por qué?

—¡Porque no los necesitas! ¡Tienes al mejor amigo que vas a tener jamás aquí mismo! Por supuesto, me pusiste el nombre de Simon Parker, pero no fue así como vine a este mundo. Prepárate, rayito de luna, porque no te vas a creer lo que van a ver tus ojos...

El aire alrededor de Simon Parker comenzó a chisporrotear y burbujear, y un vórtice de humo plateado apareció de la nada para rodearlo. El humo giraba alrededor de la rata, levantándola al aire desde la cómoda. Se quedó flotando por encima del suelo, con el humo girando más y más rápido... El espectáculo de luces era cada vez más deslumbrante.

Y, al final, con un último y cegador FLASH de luz y humo plateado, Simon Parker había desaparecido... Y, flotando en su lugar, se encontraba una criatura extraña y redondeada, vestida con una túnica salpicada de un centenar de estrellas resplandecientes. Era mucho más bajito que Luna, y su forma era similar a un huevo. Tenía la piel de un blanco lechoso, con ojos que parecían canicas negras y una boca tan abierta que parecía un buzón. Sobre la cabeza llevaba un sombrero puntiagudo, tan alto como él mismo y cubierto de tantas estrellas resplandecientes como su túnica.

—¡Rayos y centellas! —gritó Skeleton Keys—. ¡Una entrada de última hora en nuestro teatro del misterio!

—¿Quién... quién eres tú? —preguntó Luna.

—¡Soy el mago que es! ¡El hechicero en estado puro! —respondió el extraño hombrecillo flotante—. Soy una fascinación, la gran revelación, el único e incomparable señor Malarkey, ¡el maravilloso hombre mágico!

CAPÍTULO DIECISIETE

EL SEÑOR
MALARKEY

(LA TRISTE HISTORIA DE SIMON PARKER)

«¡No hay nada más mágico
que una imaginación desbocada!
Salvo los magos».

SK

Hubo una pausa larga e incómoda mientras el extraño inimaginario de forma oval flotaba suspendido en el aire. Finalmente, Skeleton Keys tosió y se rascó la cabeza.

—¿El señor... Malarkey? —repitió Skeleton Keys, dándose unos golpecitos en la barbilla con aire pensativo—. Me temo que ese nombre no me suena lo más mínimo...

—Este es mi verdadero yo... el yo que se inimaginó el viejo señor Moon —explicó el señor Malarkey—. Eso fue hace ya setenta largos años. El viejo no era entonces más que un muchacho, completamente solo en esta casa llena de sombras, pero no permaneció solo por mucho tiempo. Con un ¡FLASH! ahí estaba yo, el señor Malarkey, ¡el maestro mágico!

—¿Y yo nunca vine a buscarte? —se extrañó Skeleton Keys—. Es posible que mi temblor no siempre fuera el detector de inimaginarios altamente afinado y completamente infalible que es ahora, pero...

—En cuanto aparecí, juré impresionar, maravillar y fascinar a ese muchacho con mi maravillosa magia —continuó el señor Malarkey, con los brazos estirados—. ¡Le daba todo lo que quería! Cambiaba esto en aquello, transformaba aquello en lo otro, convertía lo otro en vete a saber qué... ¡Incluso me transformaba a mí mismo! ¡TACHÁN!

Con un resplandor de luz y humo, el señor Malarkey se transformó de inmediato en una pelota

de goma para la playa
que flotaba en el aire.

—¡BAM! —gritó
y, con otro estallido
de energía, el señor
Malarkey se convirtió
en una bicicleta—.

¡PLIIIM! —dijo
después, y se mudó en
un caballo balancín.

Y, finalmente, dijo—:
¡BLUUN! —Y
el señor Malarkey
reapareció como
el hombre mágico
de forma oval—.

¡Pensaba que era feliz por
tenerme! Y tal vez lo fue...
durante un tiempo —continuó el mago—. Pero,
entonces, ese corazón negro que tenía comenzó
a aparecer. «Venga, ¡márchate de aquí!», me
decía. «Esta es mi casa, no la tuya... ¡Déjame en

paz!». Yo ya no era bienvenido aquí. Pero ya era demasiado tarde... ¡me había vuelto real! ¿Qué se suponía que iba a hacer? ¿Adónde se suponía que iba a ir? ¡Ni siquiera habría existido de no ser por él! Así que fingí desaparecer... ¡PUF! Pero, en lugar de eso, me convertí en esto...

Luna entornó los ojos ante otro destello de luz. En un instante, el señor Malarkey se había transformado otra vez en la rata blanca a la que había conocido como Simon Parker.

—¿Has estado en la Mansión Macilenta durante todo este tiempo? —preguntó Skeleton Keys.

—Toda una vida —respondió la rata, flotando de forma imposible en el aire—. Me escondí entre las sombras, esperando... deseando que aquel muchacho cambiara de opinión. Deseando que echara de menos a su antiguo colega, el señor Malarkey, para que me llamara, ¡y entonces yo aparecería allí en un destello! Pero jamás lo intentó. Tan solo se hizo más viejo, y su alma se volvió más negra. —La rata se acercó a Luna flotando, y esta retrocedió encogiéndose—. Pero, ¡entonces llegaste tú y me encontraste, rayito de luna! Menuda pareja hacíamos... dos almas solitarias, los dos atrapados con el viejo, pero los dos demasiado solos. ¡Pero ya no estábamos tan solos cuando estábamos juntos!

—No lo sabía —dijo Luna, que sentía frío a causa del temor—. ¿Por qué no me contaste quién eras?

—No pretendía engañarte, rayito de luna... No podía arriesgarme a que el viejo señor Moon descubriera que jamás me había marchado —respondió la rata—. Después, cuando el viejo murió, ¡pensé que ya no tenía que seguir escondiéndome! Pensé que podía contarte quién era en realidad, y que podríamos ser los amigos que siempre estuvimos destinados a ser... ¡los mejores amigos del mundo!

—Pero... ¡me engañaste! —señaló la muchacha—. ¡Me hiciste creer que el abuelo era un fantasma!

—Ah, eso —dijo la rata, encogiéndose de hombros—. Bueno, sí que fui un tanto taimado... pero sabía que todo esto resultaría más creíble si venía del viejo. Es decir, a él no le caía bien nadie... ¿Quién mejor que él para expulsar a tu familia para siempre?

—¿A mi familia? —preguntó Luna—. ¿Qué tiene que ver esto con ellos?

—¿De verdad tienes que preguntármelo? —replicó la rata—. Me pasé años esperando para tener un amigo, ¡y tú eras la amiga que había deseado con todas mis fuerzas! Pero, nada más morirse el viejo, tuviste que inimaginártelos a ellos. Así que hice lo que tenía que hacer... Un pequeño FWIM por aquí, algún KA-ZAP por allá... Primero eran gente y, al cabo de un momento, eran un cuadro... un libro... ¡una lata de sopa! Hasta me impresioné a muchísimo con esa armadura magia-ravillosa. Vamos, es que ni siquiera estaba en la misma habitación al hacer ese truco... ¿Tú te crees que eso es fácil? Bueno, ¡lo es si eres yo!

—Admito sin reparos que no me gustó nada esa triquiñuela en particular —confesó Skeleton Keys.

—Pero no lo entiendo —balbuceó Luna—. ¿Por qué querías hacerles todas esas cosas horribles a mi... a mi familia?

—¡Porque se suponía que teníamos que estar solo tú y yo! —gritó la rata—. Tú y yo, ¡los mejores amigos del mundo para siempre!

—¡Pero así no es cómo funciona la amistad! —replicó Luna con voz chirriante—. No puedes librarte de una familia porque no te gusta que...

—¡El viejo señor Moon se libró de mí! —chilló la rata—. Y ahora yo voy a librarme de ellos. ¡Y casi hemos llegado al número final! Cuatro fuera y solo falta uno...

—¡Espera! —gritó Luna mientras un destello de humo brillante llenaba el aire y el señor Malarkey regresaba a su auténtica naturaleza.

Sonny, aterrorizado, salió a rastras de debajo de la cama y corrió hacia los brazos de su hermana. Ella lo abrazó con fuerza mientras el

señor Malarkey flotaba hacia ellos, rodeado de
un humo en remolinos y con las manos llenas
de energía chispeante.

—¡Pan con mantequilla, ya es suficiente!
—declaró entonces Skeleton Keys, y se
interpuso entre el señor Malarkey y los niños,
y blandiendo las llaves como si fueran armas—.

La tuya es una historia trágica, señor Malarkey, pero en cualquier caso he de afirmar que te has comportado de forma un poco inapropiada. He estado tratando con inimaginarios desde antes de que fueras un destello en la mente de alguien. Tengo un truco o diez en las puntas de mis dedos, trucos que ni siquiera un maravilloso hombre mágico habrá visto jamás. Así que, si quieres llegar a estos niños, primero tendrás que vértelas conmigo.

—De acuerdo —dijo el señor Malarkey con una sonrisa malvada—. Será un placer.

CAPÍTULO DIECIOCHO

DAISY SIRVE
LA SOPA

(SALUDAD AL TÍO MERIWETHER)

«A algunos imaginarios hay que verlos para creérselos.
Especialmente los que son invisibles».

SK

Q uieres interponerte en mi camino, hombre
esqueleto? —preguntó el señor Malarkey
entre risas—. ¡Tengo magia más que de sobra
para enfrentarme a ti!

—Pues muéstrame de lo que eres capaz,
gusano canalla... ¡AAAHH! —gritó Skeleton
Keys cuando una ráfaga de chispas salió
disparada de las manos de Malarkey.

El esqueleto se agachó y la ráfaga golpeó
la cama del viejo señor Moon con un ruido
estremecedor. Con un destello, la cama dejó
de existir y en su lugar quedó solo un pequeño
barco de juguete.

—¡Todavía me queda más! —gritó el señor Malarkey, lanzando otro rayo encantado desde el lado opuesto de la habitación—. ¡Soy el maravilloso hombre mágico!

—Supongo que hay una ínfima posibilidad de que me vea irremediablemente superado —admitió Skeleton Keys, agachándose otra vez—. Pero te olvidas de que tengo un as bajo la manga huesuda... mi ayudante de confianza. ¡Ahora, Daisy! ¡A por él!

Hubo una pausa.

Una pausa larga e incómoda.

—Ya está, ¡se acabó el tener compañeros! —resopló Skeleton Keys—. ¡Voy a hacerlo todo yo solo! De ahora en adelante, ¡estamos solos yo y mis huesos!

—Esto... ¿puedo continuar? —preguntó el señor Malarkey.

—La verdad es que preferiría que no lo hicieras —respondió Skeleton Keys—. Creo que podría ser el momento de una huida rápida...

Y, con eso, el esqueleto sujetó a Luna con

una mano y a Sonny con la otra, y echó a correr hacia la puerta, pero el señor Malarkey se abalanzó hacia allí desde el otro extremo de la habitación para bloquearles el paso.

—¡Déjanos en paz! —gritó Luna.

—¡Esta es la única manera, rayito de luna! Ya lo verás, vamos a ser los mejores amigos del mundo otra vez, ¡solos tú y yo! —exclamó el señor Malarkey, señalando a Sonny—. ¡Aquí es donde ocurre la magia! ¡GWAM!

Al mismo tiempo que un rayo chispeante salía de sus manos, Skeleton Keys se interpuso en su camino. En un instante resplandeciente y cegador, pareció desvanecerse ante los ojos de Luna. Pero, incluso antes de que el humo se hubiera aclarado...

—¡Clo-cooo!

Luna se quedó boquiabierta. Donde hacía un momento había estado Skeleton

Keys, ahora se encontraba el pequeño esqueleto de un pollo, vestido con una pequeña levita roja y un aspecto completamente confuso. El pollo-esqueleto soltó una serie de cloqueos aterrorizados.

—Diría que te acabo de montar un buen pollo —sentenció el señor Malarkey entre risas. Giró para mirar a Luna y a Sonny—. Y ahora, ¿por dónde iba? Ah, sí, el último de la familia falsa.

—Por favor, ¡no lo hagas! —gritó Luna, abrazando a Sonny con fuerza—. Podemos... ¡podemos ser todos amigos! ¡Podemos ser una familia todos juntos!

—¿Todos nosotros? —preguntó el señor Malarkey, flotando por encima de ellos, con los ojos como canicas negras reluciendo bajo la luz de la luna.

—¿Por qué no? —insistió la muchacha, tratando desesperadamente de no sonar asustada—. Hay espacio más que suficiente en la Mansión Macilenta. Podríamos vivir aquí todos.

—Podríamos... pero entonces tendría que

compartirte —objetó el señor Malarkey, apretando hasta el último diente de su boca de buzón. Apuntó hacia Sonny y sus manos resplandecieron con energía mágica una vez más—. Vamos a estar solos tú y yo de ahora en adelante, rayito de luna. El chaval tiene que...

¡DONK!
—¡AAAYY!

Una lata de sopa había golpeado al señor Malarkey en la parte posterior de la cabeza, trastocando su puntería y haciéndole lanzar el rayo mágico sin dejar de zumbar cerca de la cabeza de Sonny.

—¿Quién me ha lanzado eso? —preguntó el señor Malarkey, girando en círculos.

—¡Te está bien empleado! —exclamó una voz sin cuerpo.

Otra lata salió volando de la nada y golpeó la oreja izquierda del señor Malarkey.

—¡Ayyy! ¡Para ya! —gimoteó el maravilloso hombre mágico.

—¡Así aprenderás! —contestó la voz.

—¿Quién ha dicho eso? ¿Quién hay ahí? —gruñó el señor Malarkey. Una tercera lata le dio de lleno—. ¡Ayyy! ¡Deja de hacer eso!

—¡Te lo merecías! —dijo la voz.

—¡Para ya! —aulló el señor Malarkey. Se giró y examinó con los ojos muy abiertos el retrato del viejo señor Moon, con un destello de miedo en sus ojos como canicas negras—. No puedes ser tú... ¿verdad?

—Pues claro que no, cabeza de huevo...
¡pero te he hecho dudar! —dijo la voz, y Daisy
apareció en el umbral de la puerta. Se sacó una
lata de sopa de detrás de la parte delantera
del cuerpo (ya que su espalda estaba en la
dirección opuesta) y sonrió—. ¡Dile hola al tío
Meriwether!

La chica con la cabeza del revés giró y lanzó la lata de sopa con todas sus fuerzas. Esta atravesó el aire volando y aterrizó con un implacable ¡DONK! justo entre los ojos del señor Malarkey.

—¡UUUF! —gritó este.

El hombre mágico voló girando por la habitación como un globo desinflado y chocó contra una esquina en sombras.

—¡Eso es por mandar a una armadura a por nosotros, cabeza de huevo! —dijo Daisy con una sonrisa torcida.

—¡Cocó! —dijo Skeleton Key, agitando sus alas esqueléticas—. ¿Co-co-ricó?

—¿Qué quieres decir, que dónde estaba? —preguntó Daisy—. A diferencia de ti, yo no me lanzo corriendo a las cosas sin tener un plan para... Espera, ¿cómo es que entiendo lo que me estás diciendo?

—¿Co-có, cocoricó? —respondió Skeleton Keys.

—¿Por nuestro profundo respeto mutuo

y comprensión? —resopló Daisy—. Sigue soñando, cerebro de pájaro.

—¿Podemos salir de aquí ya, por favor? —chilló Luna, agarrando a Sonny y empujándolo en dirección a la puerta.

—Eso es lo primero que dices en toda la noche que no es una estupidez —dijo Daisy, y bajó la mirada hasta Skeleton Keys—. Venga, pájaro huesudo, vamos a salir de...

—No vais a ir a ninguna parte...

Todos se dieron la vuelta y vieron al señor Malarkey, que ascendía flotando desde el suelo, chisporroteando y resplandeciendo con la energía mágica.

—Se suponía que íbamos a estar solos el rayito de luna y yo, los mejores amigos del mundo para siempre, pero habéis tenido que venir aquí y cambiarlo todo... —gruñó—. Bueno, pues nadie es capaz de cambiar como yo... ¡ya lo veréis!

El señor Malarkey comenzó a crecer.

En un momento, había triplicado su tamaño, y había hecho pedazos su túnica salpicada de estrellas. Pero no solo estaba creciendo. Mientras un humo se arremolinaba a su alrededor, el maravilloso hombre mágico comenzó a cambiar. Su boca de buzón quedó llena de pronto de colmillos afilados... de la cabeza brotaron un par de cuernos largos y curvos... un segundo par de brazos emergió de repente de su espalda... unas garras descomunales crecieron desde sus manos y, finalmente, un espeso pelo blanco afloró por todo su cuerpo. En cuestión de segundos, el señor Malarkey se había convertido en un monstruo.

CAPÍTULO DIECINUEVE

MONSTRUO CONTRA MONSTRUO

(NINGÚN LUGAR AL QUE HUIR)

De *Los importantes pensamientos del señor S. Keys*
Volumen 3: La Llave de la Realidad

Para explicar la Llave de la Realidad,
Con el objetivo de aportar cierta claridad,
¡Hay diferentes mundos en infinita cantidad!
(Con ciertas similitudes, la verdad).

¿ADÓNDE OS CREÉIS QUE VAIS?

—rugió el señor Malarkey, cuya voz era ahora tan potente que hacía temblar las paredes.

Mientras Luna, Sonny, Daisy y Skeleton Keys transformado en un pollo retrocedían hasta el pasillorrible, el monstruo bajó flotando hasta el suelo.

—¡Co-co-ricó! —dijo Skeleton Keys, agitando las alas sin plumas y dando saltitos nerviosos mientras el monstruo en el que se había convertido el señor Malarkey caminaba lenta y pesadamente hacia ellos con sus patas terminadas en garras.

—No, ya no me quedan más latas de sopa —respondió Daisy, chasqueando la lengua—. Y necesitaría una lata tan grande como una casa para tirársela a esa cosa.

—¡Márchate! —gritó Luna, retrocediendo hacia la puerta mientras apretaba la mano de Sonny.

—NO TIENES NINGÚN LUGAR AL QUE HUIR, RAYITO DE LUNA —gruñó el monstruoso señor Malarkey, con las cuatro manos terminadas en garras lanzando zarpazos al aire—. SI NO QUIERES SER MI AMIGA, ENTONCES QUIERO QUEDARME COMPLETAMENTE SOLO...

—¡Co-co-ricó! —cloqueó Skeleton Keys.

Agitó las alas huesudas, lleno de pánico, y de pronto se dio cuenta de que había algo en él que no había cambiado. Cada ala terminaba en cinco llaves de hueso. ¡Los dedos para abrir puertas del esqueleto permanecían intactos!

—¡Co-co-co-cori-có! —añadió, con un cloqueo de alivio—. ¡Co-có!

—¿De qué estás hablando? —preguntó Daisy mientras retrocedían—. Si cierro la puerta que da al pasillorrible, ¡nos quedaremos atrapados aquí!

—¡Cocó! ¡Co-co-ricóóó! —insistió Skeleton Keys, saltando de arriba abajo y agitando frenéticamente sus alas inútiles.

—Está bien —gruñó su ayudante—. Pero en cinco segundos yo voy a volverme invisible y ese monstruo os va a comer a todos...

Daisy cerró la puerta de una patada, atrapándolos dentro de la habitación del viejo señor Moon.

—¿Qué estás haciendo? —gritó Luna mientras el señor Malarkey se acercaba a ellos.

Daisy se encogió de hombros. A continuación, levantó a Skeleton Keys del suelo y lo sostuvo frente a la cerradura.

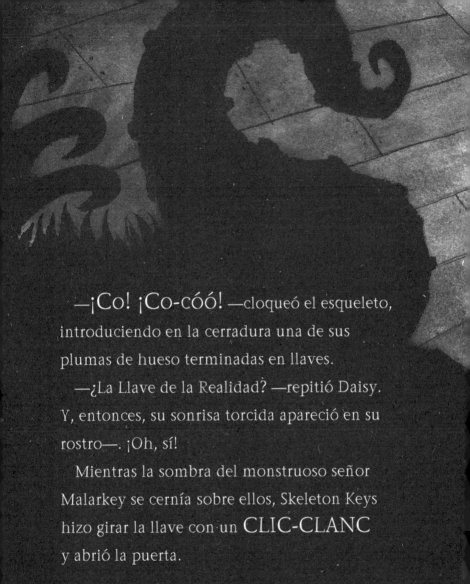

—¡Co! ¡Co-cóó! —cloqueó el esqueleto, introduciendo en la cerradura una de sus plumas de hueso terminadas en llaves.

—¿La Llave de la Realidad? —repitió Daisy. Y, entonces, su sonrisa torcida apareció en su rostro—. ¡Oh, sí!

Mientras la sombra del monstruoso señor Malarkey se cernía sobre ellos, Skeleton Keys hizo girar la llave con un CLIC-CLANC y abrió la puerta.

—¡GROAAAARR!

—PERO ¿QUÉ...? —fue todo lo que el
monstruoso señor Malarkey tuvo tiempo de
decir antes de que un gigantesco tentáculo
verde saliera serpenteando por la puerta
y le rodeara la cintura. Sus ventosas se
fijaron a él como si fueran de pegamento
y lo agarraron. El señor Malarkey rugió y
lanzó zarpazos al tentáculo con sus cuatro
brazos, pero no le sirvió de nada—.
¡NOOOoooooOOOoooo!
—gritó el señor Malarkey, desafiante, y entonces
el tentáculo enroscado lo sacó por la puerta y
los dos desaparecieron.

—El mundo donde absolutamente todo es
un monstruo... justo el lugar donde tienes que
estar —dijo Daisy, y cerró la puerta de una

patada—. Espero que te sientas como en casa, mago estúpido.

Hubo un destello y se oyó un fuerte ¡POP! cuando Skeleton Keys regresó de repente a su forma habitual. Daisy lo dejó caer en el suelo, como si fuera una piedra.

—Pan con mantequilla... ¡el viejo señor Keys ha vuelto a su verdadero y hermoso yo! —señaló el esqueleto, frotándose el cráneo con las manos—. ¡Qué maravilloso alivio para todo el mundo!

—No voy a mentir —replicó Daisy—, te prefería cuando eras un pollo.

CAPÍTULO VEINTE

REUNIÓN
FAMILIAR

(SOLO NOSOTROS DOS)

De *Los importantes pensamientos del señor S. Keys*
n.º 1.012: El fantasma (o algo así) de Luna Moon

¡Una historia de sustos, amigos y enemigos!
¡Un monstruo recibió su monstruoso castigo!
El secreto de Luna ahora ha sido revelado
y los sentimientos amargos rápidamente han sanado.
¡Y ahora, los que fueron una imaginación oportuna
son la nueva familia de Luna!

D e… de verdad se ha ido? —preguntó Luna, abrazando a Sonny con tanta fuerza que este apenas podía respirar.

Skeleton Keys abrió la puerta que daba al pasillorrible; el señor Malarkey, sus monstruos y los retratos poseídos no estaban por ningún lado. De hecho, la luz temprana del amanecer se colaba desde el rellano, haciendo que el pasillorrible pareciera mucho menos horrible.

—Se ha ido —confirmó Skeleton Keys. Bajó la mirada hasta sus manos que, hasta hacía solo un momento, habían sido unas huesudas alas de pollo—. Y parece que sus encantamientos podrían haberse ido con él.

—Eso parece —dijo Daisy.

Señaló una lata de sopa en el suelo, que había comenzado a traquetear y a girar. Después, con un ¡POP! y un destello de luz, la lata se transformó, dejando en su lugar a un confuso tío Meriwether.

—¿Qué estaba diciendo? —preguntó el hombre, frotándose la tripa—. Algo sobre una tarta...

—¡Tío Meriwether! —gritó Luna, corriendo hasta sus brazos.

—Bueno, ¡yo también me alegro de verte, rayito de sol! —Se rio el tío Meriwether mientras Sonny se unía también al abrazo—. ¿Sabéis? Tengo un regusto de lo más extraño en la boca —añadió, cerrando los labios con fuerza—. Me sabe... Me sabe a sopa.

—Te lo explicaré más tarde —dijo Luna, que empezaba a notar cómo le brotaban algunas lágrimas de felicidad.

Con los brazos temblorosos por la alegría, le dio a Sonny y al tío Meriwether el abrazo más grande del que era capaz.

—¡Abrazos fuertes para entrar en calor! Alguien ha dejado que entre el frío... —afirmó una voz familiar.

Luna miró al otro lado del pasillorrible y vio a su madre corriendo hacia ellos, seguida muy de cerca por su padre y la tía Summer. Habían regresado a su forma humana en cuanto el señor Malarkey se había encontrado con su monstruoso destino.

—¿Ma-mamá? ¿Papá? —La muchacha estaba llorando con unas lágrimas de felicidad que descendían por su rostro—. ¡Tía Summer!

Luna consiguió recorrer el pasillorrible sin soltar a Sonny y al tío Meriwether. Se encontraron en el centro y se unieron en el abrazo grupal más grande que Skeleton Keys y Daisy habían visto jamás.

—Puaj —exclamó Daisy—. Preferiría que me enviaran al mundo donde absolutamente todo

es un monstruo antes que ver un abrazo
más.

—Eso podríamos arreglarlo —respondió
Skeleton Keys entre risas.

—Entonces, ¿crees que esa llorica va a decirle
a su familia que son inimaginarios? —preguntó
Daisy.

—Supongo que acabará saliendo el tema, con
el tiempo... Y ahora mismo tienen tiempo de

sobra —contestó Skeleton Keys. Durante un
largo rato, los dos inimaginarios observaron
a Luna mientras abrazaba a su nueva familia,
con unas lágrimas de felicidad que bajaban
por su rostro y una risa que resonaba por el
pasillorrible—. Aunque no puedo imaginarme
que vayan a abrazarse menos después —añadió
el esqueleto.

—En ese caso, vamos a largarnos de aquí

—dijo Daisy, sin quitarle los ojos de encima a su familia.

Skeleton Keys se rascó la parte posterior del cráneo y tomó lo que podría haber sido un largo aliento.

—Una idea fantabulosa —asintió. A continuación, introdujo uno de sus dedos terminados en llave en la cerradura... pero, entonces, hizo una pausa—. Daisy, tal vez sea por toda esta charla sobre la familia y la amistad, pero quiero que sepas que te estaré eternamente agradecido por tu ayuda... y por tu amistad, si es que podríamos considerarla como tal.

—En primer lugar, no somos amigos, soy tu compañera —le corrigió Daisy—. En segundo lugar, eres un cerebro de pájaro con cabeza de hueso que no duraría ni un solo día sin mí. —Una sonrisa torcida apareció en su rostro, solo por un momento—. Así que, probablemente, lo mejor será que permanezcamos juntos por el momento... solo nosotros dos.

—No podría estar más de acuerdo —respondió Skeleton Keys, con una sonrisa de oreja a oreja en la cara. Y, tras eso, hizo girar el dedo con un CLIC-CLANC—. ¡Adelante, pues! —declaró mientras abría la puerta—. ¡Vayamos adelante, hacia nuestra próxima aventura!

P ues ya estaría, mequetrefes! La historia verdaderamente increíble e increíblemente verdadera de los fantasmas (o algo así) de Luna Moon. ¿No os había contado que era una historia alucinante? Parece ser que la familia y los amigos, al igual que la imaginación, se presentan en toda clase de formas y tamaños. Y será mejor que nunca demos su existencia por sentada, porque podrían convertirnos en una lata de sopa.

Pero, en fin, el trabajo del viejo señor Keys nunca termina... ya estoy empezando a sentir otro temblor en los huesos. ¿Quién sabe adónde me llevará? Tal vez hasta una historia tan verdaderamente increíble que, increíblemente, deba ser verdadera. Porque, como ya he dicho y no podemos negar, pueden pasar cosas extrañas cuando la imaginación se desboca...

Hasta la próxima vez, hasta la próxima historia, ¡me despido!

Vuestro servicial contador de historias,
SK

¿QUIERES CONOCER LA PRÓXIMA
GRAN AVENTURA DE SKELETON KEYS?

LA LEYENDA DE
JACK EL DESDENTADO

PASA LA PÁGINA PARA
DESCUBRIRLA...

Saludos! ¡A los mequetrefes, los papanatas y los repanchingados! ¡A los imaginarios y los inimaginarios! A los vivos, a los muertos y a todos los que están en medio. Mi nombre es Keys... Skeleton Keys.

Hace una eternidad o algo así, mucho antes de que estuvierais pensando siquiera en nacer, yo era un AI... un amigo imaginario. Entonces, antes de que supiera lo que estaba sucediendo, ¡de repente era tan real como la cola de un perro! Me había vuelto inimaginario.

Pero eso fue hace ya una vida o tres. Hoy en día, me ocupo de esos AI que han sido inimaginados recientemente. Dondequiera que puedan aparecer, ¡también aparece el viejo señor Keys! Y es que, con estos dedos fantabulosos, puedo abrir puertas a cualquier parte de cualquier sitio... mundos escondidos, lugares secretos... puertas hacia el reino ilimitado de la imaginación.

Oh, ¡qué glorioso deber! Estas llaves han abierto puertas más veces que las que habéis comido galletas... ¡y cada puerta me ha conducido hasta una aventura que podría hacer que vuestras cabezas giraran en vuestros cuellos! La de historias que podría contaros...

Pero, por supuesto, ¡no estaríais aquí si no quisierais una historia! Bueno, pues no temáis, mequetrefes... ¡hoy os traigo una historia tan alucinante que hasta la mente más sensata se volvería loca! Abrochaos los cinturones, porque llega la historia verdaderamente increíble e increíblemente verdadera que he llamado *La leyenda de Jack el Desdentado*.

Ah, Jack el Desdentado... ¡Un ladrón! ¡Un aventurero! ¡Un campeón de la imaginación! Jack era un amigo para algunos, un héroe para otros, y un verdadero dolor de muelas para todos los demás. La alucinante historia de Jack el Desdentado es todavía más vieja que yo, pero, para encontrar nuestro camino hacia el pasado, debemos comenzar en el presente, con una segunda historia y un muchacho llamado Kasper.

Kasper tiene lo que en el negocio de la imaginación conocemos como una imaginación desbocada. En el séptimo día de su séptimo año, Kasper se imaginó a una amiga. Tal vez no necesitaba hacerlo, ya que tenía suficientes amigos. Sin embargo, la imaginación no se encuentra atada ni encadenada por la necesidad... ¡la imaginación es libre!

Kasper llamó a su AI Gerdy la Palabrera. Gerdy era una chica fantasmal con una habitación de lo más extraordinaria: si tenía un bolígrafo en la mano, podía reescribir la mismísima historia de la vida. Supongamos que tenéis un perro de mascota... si Gerdy la Palabrera reescribiera vuestra historia, podríais tener de repente un gato en su lugar. Y, lo más bueno de todo, ni siquiera sabríais que había cambiado nada: ¡estaríais más seguros que el champú de que siempre habíais tenido un gato!

Y ahora, imaginaos que Gerdy la Palabrera se volviera inimaginaria... si su poder de reescribir historias se volviera real. ¿Qué podría hacerse entonces para detener el caos, la confusión o incluso la calamidad? Pues pueden ocurrir cosas extrañas cuando la imaginación se desboca...

Uníos a mí mientras comienzo a desentrañar el misterio del mito de la leyenda de Jack el Desdentado, para lo cual tengo que hacer primero una visita muy necesaria a Kasper y a su familia. Su casa diminuta, empequeñecida por la gigantesca ciudad que nos rodeaba, se estremece y tiembla mientras una tormenta eléctrica ruge en el exterior. La historia tan solo acaba de comenzar, pero ya ha sido reescrita...

Guy Bass es un autor de renombre y un friki
semiprofesional. Ha escrito más de treinta libros, incluida
la serie de *La maravillosa historia de Carapuntada* (que se
ha traducido a dieciséis idiomas), *Dinkin Dings and the
Frightening Things* (ganador del premio de literatura infantil
Blue Peter en el año 2010), *Spynosaur, Laura Norder: Sheriff
of Butts Canyon, Noah Scape Can't Stop Repeating Himself,
Atomic!* y *The Legend of Frog.*

Guy ha escrito obras de teatro tanto para adultos como
para niños. Ahora vive en Londres con su esposa y su perro
imaginario. Si quieres saber más cosas, visita guybass.com.

Pete Williamson es ilustrador y artista autodidacta.
Es conocido por la serie de *La maravillosa historia de
Carapuntada*, de Guy Bass, y por el libro galardonado *The
Raven Mysteries*, de Marcus Sedwick. Ha ilustrado más de
sesenta y cinco libros de autores como Francesca Simon,
Matt Haig y Charles Dickens. Antes de eso, trabajaba como
diseñador en una compañía de animación, mientras soñaba
despierto con ser ilustrador de libros infantiles.

Pete vive ahora en Kent con un gran piano, una esposa
escritora y una hija bailarina. Si quieres saber más cosas,
visita guybass.com.

DANDO VIDA A LOS PERSONAJES

Guy y Pete nos explican cómo evolucionaron los personajes...

Luna Moon

G. B.: Pete hizo unos cuantos bocetos de Luna, y uno de ellos destacó de inmediato: la había clavado.

P. W.: En cuanto la dibujé, para mí también destacó, y realmente estaba deseando que Guy la escogiera a ella.

G. B.: Al principio, la había descrito con un aspecto más parecido de la cuenta a Ben Bunsen, del primer libro de *Skeleton Keys*, así que cambiamos su pelo de negro a blanco.

Me encanta cómo ha quedado.

Simon Parker

P. W.: Un amigo había estado subiendo fotos de su mascota, una rata blanca, a las redes sociales, así que me resultaron muy útiles a la hora de dibujar a Simon.

G. B.: Probamos unas cuantas opciones diferentes para el pelaje, yo no tenía ni idea de que hubiera ratas de tantos colores, pero cuando cambiamos el pelo de Luna, un Simon Parker blanco parecía encajar muy bien.

Pete hizo unos dibujos fantásticos de la rata de Luna olisqueando por la Mansión Macilenta. Cuando más realista parecía, más me gustaba.

Señor Malarkey

G. B.: Me imaginaba al maravilloso hombre mágico como una especie de individuo con forma de huevo flotante y con un traje de mago. El diseño inicial de Pete lo hacía parecer un poco más humano y atractivo, pero el resultado final fue más extraño, cosa que me encantaba. Me gusta especialmente su forma monstruosa. Alucino muchísimo con los personajes que se convierten en monstruos.

P. W.: Cuando doy forma a algún monstruo, siempre se me olvida que estoy dibujando para niños y trato de crear algo que me aterrorice, y, con suerte, también a Guy, y esto es lo que surgió: un montón de garras negras afiladas como cuchillas, hileras de dientes terribles y muy mal humor.

¡En octubre
nos entregaron
este tesoro, amigos! La
imprenta Limpergraf nos mandó por
fin el libro, ¡y menos mal! El señor Keys ya
había amenazado a todo el equipo de la editorial ¡y
también a todos sus inimaginarios! ¿Sabíais que, igual que los
dedos de Skeleton, los libros también abren puertas a
mundos desconocidos? Así que ya lo sabéis:
si leéis, tal vez os encontraréis con el
fantabuloso señor Keys. Pero
ojo con lo que imagináis,
si os pilla...

CLIC-
CLAC.